フルレティ
「姉より優れた妹などいないと証明する!!」
バティ
「妹より優れた姉などいないと証明する!!」
異世界で土地を買って農場を作ろう
6
Let's buy the land and cultivate in different world
著 岡沢六十四
Illustration 村上ゆいち

エルロン
「聖者様の育てた葡萄《ぶどう》製ですものー!!」
パヌ
「故郷で飲んだ葡萄《ぶどう》酒より美味しい気がします」

「これは美味しいお酒ねえ」
プラティ

ドラゴンの
恩返し…？
「覗けよ!!」
ヴィール

異世界で土地を買って農場を作ろう
著 岡沢六十四
Illustration 村上ゆいち
6
Let's buy the land and cultivate in different world

contents

Let's buy the land and cultivate in different world

怯える巨人

「『ミックスパイダー』は、魔都にて最大最高、さらにもっとも古い歴史を持つテイラー（縫い師）ブランドです」

と説明してくれるのは、同じく魔王家出入りの商人シャクスさん。

「魔都一であるということは魔国一ということでもあり、国内には他にもいくつか衣服のブランドはあるものの、どれも『ミックスパイダー』には太刀打ちできません」

業界の覇者というヤツか。

「……その、何とかスパイダーさんとやらが、バティに怒っていると？」

「怒っていると言いますか……」

魔都のファッション業界は、長いことその『ミックスパイダー』とやらが一強でパワーバランスが保たれてきた。

しかし新しい魔王妃が、どこから入手してきたのか知らないが、自分たちの製品でないドレスを着ている。

しかもそれが注目を集め、大人気となっている。

長いこと市場を独占してきた老舗としては、これほど面白くない話はなかろう。

「我が商会がバティ様の衣服を扱うようになってから度々『ミックスパイダー』からの問い合わせ

を受けるようになりまして」

「問い合わせ？　どんな？」

「もちろん『この衣服を作っているのは何者だ？』とか『誰か教えろ』とか、そういう申し出でございます」

あー。

しかしそこはシャクスさんとてプロの商人。

守秘義務を破るわけにはいかないと、先方からの追及をのらりくらりとかわしてきた。

しかし魔王子ゴティアくんの誕生をきっかけに、事態が激化したという。

「なんで魔王子が生まれると、大きな影響が出るものなの？」

「それは出るでしょうが、本件はまた経緯が独特でして……。直接関与しているのは、やはりゴティア魔王子殿下がお召しになっております幼児服でございます」

「ほーう」

と話している傍ら。

何にでも興味を持つお年頃のゴティアくんは、ドラゴン化したヴィールが珍しいのか、母親のアスタレスさんに抱えられたまま、ドラゴンの鱗《うろこ》をペタペタ触りまくっていた。

そんなゴティアくんが着ているのは、バティの作ったベビー服。

ドラゴンの牙すら弾《はじ》き返す金剛絹の輝きが、ここからでも見てわかった。

「国を挙げて喜ぶべき魔王子殿下の誕生。『ミックスパイダー』も誕生祝いを兼ねて魔王子殿下専用の幼児服を数十着も拵《こしら》えて魔王家へ納品いたしました」

「数十着……！」

さすがに国のトップが相手だとやることのスケールが大きいなあ。

「しかし魔王様と魔王妃様は協議の結果『ミックスパイダー』の製品を受け取らなかったのでございます」

「受け取らなかった!?　なんで!?」

「そして現状ゴティア魔王子殿下がお召しになっている衣服はもっぱらバティ様の拵えられた服。それが魔都の一業界を牛耳るトップブランドにとって大変な問題らしく……！」

支配者一家が、自分らの作った服を一切受け取らず、誰とも知らない者の作った服を着てるんだからなあ。

そこからシャクスさんへの追及が格段に激しくなったのだという。

『あの服を作っているのは誰だ!?』

『名前は!?』

『年齢は!?』

『男か女か!?』

『何故《なぜ》どこにも姿を現さない!?』

『とにかく会わせろ!?』

……バティ制作の衣服を取り扱っているところから、必ず何か知っているだろうと凄《すさ》まじい攻勢なのだという。

「我が商会といたしましても大事な取引相手の一つですので、いつまでも惚《とぼ》け続けるわけにもいかず……！　ここは聖者様と、バティ様ご本人に相談させていただけたら、と……！」

アスタレスさんのお供をしてやってきたわけか。

「そもそもなんでアスタレス様たちは『ミックスパイダー』のベビー服を拒否したんですか？」

一緒に聞いていたバティが、真っ当な疑問を口にする。

彼女も当事者の一人として、我関せずを決め込むわけにはいかないと気を遣ったのだろう。

「トップブランドが私なんかを強烈に意識したのは、まさにそれがきっかけなんでしょう？　魔王様は立派な為政者ですし、アスタレス様も今や魔王妃。そんな不用意に和を乱すマネをなさるなんて……！」

「私だってしたくなかったさ」

アスタレスさんが、俺らの席に戻ってきた。

さっきまでゴティアくんをあやして向こうにいたのに。

「ゴティアなら先生が今あやしてくれている。あの方、赤子の扱いが物凄《ものすご》く上手《うま》いな！　おかげで全面的に頼んでしまったぞ！」

見ると、ちょっと向こうで赤ん坊を高い高いするノーライフキングの姿があった。

あやされる赤ん坊本人は超楽しそう。

……。

ゴティアくんは将来大物になるな!!

「話を戻すが、無論ゼダン様も私も、絶大な評価を受けるトップブランド謹製の品々を拒否する意味はわかっている。波風なんぞ立てたくはない」

そんな魔王さんは、どうして今回に限って民の好意を無視したのか。

「それがなー、気持ちというよりモノ自体に問題があってなー」

魔王さんと一緒に拒否の決断を下した魔王妃アスタレスさんも疲れ顔。

「モノ自体?」

「現物を見てもらった方が早かろう。シャクス、持ってきているな?」

お供の商人に目配せすると呼応してシャクスさん、持参してきたらしいベビー服を、俺たちの囲む卓の上に乗せる。

ズッシン、と。

重くて大きな音が鳴った。

「!?」

いや待て。

待ってほしい。

普通服って、こんな重い手応えの効果音出すものか?

しかもベビー服だぞ?

大人の服より遥《はる》かに小さくて軽いはずだ。

それがズッシン!?

どういうこった!?

「これが、『ミックスパイダー』から献上されたベビー服なのです。聖者様」

アスタレスさんが俺へ言う声も、げんなりとしていた。

俺たちの目の前に置かれたベビー服の、一目見た印象を、異世界育ちの俺がその語彙を総動員してもっとも的確な一言で、言い表そう。

「こ、小林○子……ッ!?」

としか言いようのないゴテゴテ感だった。

衣服として本来あるべき部分の他に、ジャラジャラゴタゴタした飾りが多すぎる。

もし赤ん坊がこれを着たとしたら、本人の二倍以上のスケールとなって周囲からの注目を集めることだろう。

派手さだけは、それこそ魔王クラスのベビー服。

これさえ着れば魔王子としての威厳を示すことができますよ? という制作意図なのかもしれないが……!

「これはいくら何でも日常使いできないだろ……!?」

これが俺の率直な意見だった。

ハデさと威圧さだけが追い求められて、利便性がまったく無視されている。

試しにこのゴテゴテベビー服を持ち上げてみた。

「おっも……ッ!?」

間違いなく幼児本人を超える重さ。

あまり長いこと持ち上げられずにテーブルに戻すと、再びズッシンと軋《きし》んだ。

「こんなものを着ていては気軽に抱いてあやすこともできないし、何より首も据わってない赤子に対して怖すぎる……!」

「それで魔王さんと相談して、突き返したと……!?」

そんな魔王さんとアスタレスさんの判断は、正しいと認めざるをえなかった。

何を考えているんだこの老舗ブランドとやらは!?

衣服のプロどころかその頂点に立つ御方《おかた》なんだろうあちらさんは!?

なのになんでこんな赤ん坊に無茶させる衣服を拵えやがった!?

「恐らくは焦りでしょう」

商人シャクスさんが深刻げに言った。

「現在魔都では、バティ様の作り出した衣服が席巻《せっけん》しております。魔国上層部に関わるあらゆる紳士淑女たちがバティ様の服を争って求め、それ以前の流行はまったく顧みられなくなりました」

それまで業界を牛耳ってきたトップブランドとしては、過去の遺物と化してなるものかと必死に巻き返しを試みる。

その必死の結果が、このゴテゴテベビー服だと?

「私の記憶でも『ミックスパイダー』がこのようなヘンテコ作品を売り出したのは、ここ最近に限って。それ以前は落ち着いた作風の、オーソドックスなものを発表していた」

「焦りが迷走に繋《つな》がっているんでしょうなあ……!?」

これだけの迷走っぷりが作風に表れているのだ。

実際の行動まで迷走しだしたら、どんなことになるか想像もつかない。

実際にシャクスさんへの突き上げという形で迷走が現れ始めてもいるようだし……。

「どうするバティ?」

俺は、我が農場の被服担当に聞いてみた。

結局のところ、業界トップの暴走にウチはまったく関係ない。

知らんぷりを決め込んだところで非難されるいわれはないかもしれないが……。

「何とかしましょう」

バティはかなり威厳をもって言った。

「そもそもの原因は私にもありますし。魔族ファッション界の明るい未来のために、一肌脱ごうではありませんか!!」

老舗ブランド

『ミックスパイダー』といえば、魔国において知らぬ者ないテイラー（縫い師）ブランド。

魔族の支配者たる魔王様のお召し物を作らせていただくこともある。

人が生きていくために必要不可欠な衣服。

その生産者たちの頂点に立つ。

それが私たち『ミックスパイダー』。

そしてこの私は『ミックスパイダー』に所属する仕立て師。その中でトップの技術を持つ縫物のプロ。

その名をフルレティ。

私はある日ブランドの代表、『ミックスパイダー』製品製造組合の組合長に呼ばれた。

＊　＊　＊

「見るがいい、この服を」

私と組合長は、穴が開くほどの勢いで衣服を凝視していた。

ウチで作られた服ではない。

最近巷《ちまた》で大流行《おおはや》りの新興ブランドの服だ。

その名は『ファーム』。

「フルレティ、この服の凄《すご》さがわかるか……!?」

「わかりません……!!」

凄いということはわかる。

しかし具体的に、どの辺りがどのように凄いのかと解説を求められては、上手《うま》く答えられない。

それは同じ衣服の仕立て師として実質的な敗北宣言であり、非常に悔しかった。

この服の真価を見極めさせることこそ、ブランドトップの仕立て師である私を呼んだ理由だろうに。

「私とて同じだ。悔しさではらわたが煮えくり返る」

まずこの生地《きじ》。

物凄く上物だということがわかるが、一体どんな繊維を材質にしているのか?

四つ星ダンジョンから採取されるマナ繊維でもここまできめ細かく、輝かしい質感にはならない。

これが何を材料に作られているかまったく想像つかない。

次にこの縫い目。

なんでこんなに等間隔で、しかも緊密に縫うことができるの?

人間技!?

と疑わずにはいられない。

「この服の制作者は、私たちの想像を遥《はる》かに超える技術の持ち主よ」

「研究と思ってサンプルを買い求めてみたが……。絶望するだけの結果になってしまったな……!?」

私と組合長、揃《そろ》って深いため息をつくばかりだった。

我ら『ミックスパイダー』が魔都一のテイラーブランドとして君臨すること、優に百年を超える。

先達から受け継いできた地位。世代を超えた努力によって魔王家御用達《ごようたし》の栄光まで手にしたというのに。

それがポッと出の新参者に崩されようとしている……。

いとも容易《たやす》く……。

『ファーム』。

その素朴で、ややもすれば芋臭さすらあるネーミングのブランドは、ここ最近、大ブームを起こしている。

魔王妃アスタレス様がご愛用していることがきっかけで。

今や『ファーム』のブランドネームが刻まれた製品は一般向けにも販売が始まっていて、ナウなヤングの都会っ子たちは我先にと争って『ファーム』の製品を買い求めている。

我々『ミックスパイダー』が発表した新作は軒並み『ファーム』の製品に敗れ去った。

「恐るべきことに……! 今季、我がブランドの売り上げは目標の七十%しか達成できなかった。これは過去最悪の記録だ……!」

ブランドを率いる組合長にとっては、まさに悪夢。

「お父さん、敵の正体はまだわからないの？」

「仕事中は組合長と呼びなさい。……パンデモニウム商会に度々問い合わせをしているが、好ましい答えは返ってこない。あっちにも取引先への義理があるからなあ」

ウチだって商会に衣服を卸してやっているじゃない！

これだから商人は信用ならないのよ!!

「向こうだって長年魔王家の御用商人を続けてきた大曲者《おおくせもの》だ。ちょっとやそっとの揺さぶりで倒れるような簡単な相手じゃない」

「またお父さんは気弱な……！」

「かと言って強硬策にも出られない。我々が彼らに与えられる最大の打撃と言えばなんだ？　ウチで作る衣服商品をシャットアウトすることだ。だがそれを機に『ファーム』の製品をメイン商品として入れ替えるなんて言われたらどうする？」

私たちにとっての致命傷となりかねない……！

やっぱり私たちは裁縫職人として、服作りの腕で勝負していくしかないの!?

「でも、そっちだって芳しくないわ。あの魔王子様への作品、何なのよアレ!?」

私が別の仕事でノータッチだったことも痛かったが、組合長はなんであんなアホみたいなゴテゴテ服にＯＫ通したの!?

「えぇ～？　あれよくなかったか？　派手で、魔王子としての威厳が出てただろう？」

老舗として長いことトップの地位に安穏としてきたウチの職人たちは、その地位を揺るがされて動揺しまくっている。

いつもだったら考えられない大ポカをして、余計に自分を追い込んでいる。

『ファーム』ブランドの方が売れて、それまでの方法論を否定されてしまったから、別の方程式を見出《みいだ》そうと模索の挙句に迷走しているのだ。

「とにかく『ファーム』とやらを何とかしないことには、ウチのブランド価値は下がる一方だわ。何か手を考えないと……！」

しかし組合長も私も、有効な打開策が思い浮かばず頭を抱えるばかり。

ああ何か、鋏《はさみ》で布を裁つような爽快なアイデアが考えつかないものか……！

「大丈夫よ!!」

「お母さん!?」「お前!?」

組合長執務室に乱入してきたのは、『ミックスパイダー』組合長夫人にして、私のお母さん。

自身かつては『ミックスパイダー』一の仕立て職人だったが、今ではその座を娘の私に譲ってお父さんの補佐に専念している。

いないと思ったらどこに行ってたの？

そして何故《なぜ》今唐突に現れた？

「パンデモニウム商会と交渉してきたわ。『ファーム』の仕立て師と会える算段がついた」

「「ええーッ!?」」

「我が『ミックスパイダー』の工房に招くことになったわ」

「「ええーッッ!?」」

お父さんが散々てこずっていた交渉をこうもあっさり!?

お母さんどんな強引な手を使ったの!?

「普通にタイミングがよかっただけよ。向こうは向こうで何か考えがあるみたい。しかしこれはチャンスよ!!」

お母さんがズビシと私を指さした。

「フルレティ、『ミックスパイダー』一の仕立て職人として働いてもらいます！」

「何!?」

「商会との交渉で少しだけわかってきたのだけれど、『ファーム』は一人の仕立て師が回しているブランドだとわかったわ」

「たった一人!?」

いや、クオリティを保つためにも単独でブランドを回すのはありえるけど、相当腕に自信がないと成り立たないわよ？

「どれだけ腕のいい仕立て師でも、ソロで活動していくには限界があるわ。そこで浮かんだ逆転の一手！」

「「?」」

「『ファーム』の仕立て師を『ミックスパイダー』に転属させるのよ!!」

「「!?」」

お母さんのあまりにも大胆な発案に、私もお父さん……もとい組合長も絶句するばかり。

「新興ブランドが築き上げた名声ごと、超有能職人を取り込むのよ!!　そうすれば『ミックスパイダー』は業界の頂点に返り咲ける!!」

たしかにそうなれば、我がブランドの戦力層も厚くなり、評判も鰻上《うなぎのぼ》りとなろうが……。

「そこでアナタの仕事よフルレティ」

「一体何なのお母さん……!?」

「『ファーム』の仕立て師がウチに訪問した時、アナタが勝負なさい。もちろん裁縫勝負よ」

えええええ……？

何言ってるのこの人？

「そしてアナタが勝ったら、相手は『ミックスパイダー』に加入する。そういう条件にするのよ。相手が何であれ『ミックスパイダー』ナンバーワンの仕立て師は、組合長の愛娘《まなむすめ》であるアナタ！」

それでこそ私とお父さんとお母さん、家族で牽引《けんいん》する『ミックスパイダー』の体制が保てる……！

私たちがここまで伸《の》し上がるのに、どれほどの苦労と困難があったことか……。

『ミックスパイダー』に所属する前、私が幼い子どもだった頃、私たち一家の住まいは魔都ではなく、ずっと離れた片田舎だった。

しがない縫物屋として、貧しいながらも満ち足りた暮らし。

父と母、そして幼い妹という四人家族の暮らしは、私にとってもっとも美しい思い出だった。

しかしその美しい暮らしは、人族軍の侵攻によってブチ壊しにされた。

生まれ育った村を滅ぼされ、私たち一家は命からがら逃げ延び、辛《つら》い難民生活を余儀なくされた。

その時離れ離れになった一番幼い妹は、今もって再会できていない。

何処《どこ》にいるかもわからない。

長い流浪の果てに魔都に移り住む。手に染み込んだ縫物の技だけを頼りに仕立て師組合に所属。

活躍を重ね、十数年という歳月をかけて大きな組合への移籍を繰り返し『ミックスパイダー』までたどり着いた。

私とお母さん。

二人の縫物の腕をフル活用して、お父さんを組合長まで押し上げた。

私たち一家の進撃は止まらない。

この困難も、家族で力を合わせてきっと乗り越えてみせる！

「私は必ず勝つ。勝って相手を私たちの傘下に加える!!」

こうして魔都で偉くなって名を広めれば。

どこかで生きているはずの妹の耳にもきっと届くはずだから！

「そうだな。私からパンデモニウム商会を通して掛け合ってみよう」

「フルレティ、アナタなら必ず勝てるわ。アナタは私たちの娘だもの!!」

ありがとうお父さんお母さん。

私は必ずアナタたちの期待に応えて見せる。

どんな相手と競い合おうと。

私の鍛えた裁縫のテクニックは負けやしない！

＊　＊　＊

そして当日。

問題の相手は『ミックスパイダー』本店へと現れた。

「……あれ、お姉ちゃん？」

「バティ!?　どうして!?」

私はバティ。

今日もまた懐かしく古巣、魔都へと足を踏み入れております。

「転移魔法でね！」

今日の目的地は、魔都一を誇るテイラーブランド『ミックスパイダー』。

私もアスタレス様の副官時代は、そこに所属したくて憧れたものです。魔族軍人は副業御法度だから無理だったけどね。

「……それで？」

同行の我が相棒、ベレナが不機嫌そうに尋ねた。

久々のコンビ行動なんだからもっと楽しそうにしてもいいだろうに。

「その『ミックスパイダー』とやらに何しに行くの？『迷惑だから騒ぐんじゃねえ』って直接呼びかけに行くつもり？」

「そんな神経逆撫《さかな》でにするような直球投げるつもりはないけど。直接顔を合わせることで治める糸口は見つかるんじゃないかなと。あと、やっぱりトップクラスの作業現場を見学しておきたいし」

「要するにノープランか。たしかにアンタそういう楽観的なところあるわよねえ」

「なるようになるの実践が我が人生なので」

生まれ故郷の村が人族軍に滅ぼされて、家族ともはぐれて路頭に迷っていたところを魔王軍に拾われたり。

アスタレス様と一緒に失脚したと思ったら、聖者様の助けで返り咲きできたり。

その聖者様の下で、かねてからの夢だった服作りに邁進《まいしん》できているし。

本当に人生なるようになるよね。

「というわけで今回もなるようになるでしょう。じゃあ『ミックスパイダー』本店へ行く前にパンデモニウム商会に寄らないと。シャクスさんに仲介してもらわないと門前払い食らうわ」

「ねえ、繰り返しだけど私が同行する意味は？」

しつこく食い下がるベレナに私は答えてやった。

「人が多い方が賑《にぎ》やかそうだから？」

「私はただの賑やかしか!?」

「暇なんだからいいでしょう？」

「言わないでよそういうこと！　仮に事実だったとしても言わないでよ！」

おっと。

ベレナにとってナイーブなワードに触れてしまった。

＊　＊　＊

パンデモニウム商会に赴くと、玄関前が何やら騒がしい。

「だから！　オレの言う通りにしてくれればそれでいいんだよ!!」

誰かが門番と揉《も》めている。

さすが大商会だけあって門前には番人がいて、許可なく建物内に入ることはできないようだ。

その門番と誰かが押し問答していた。

「オレはさ！　アンタたちにとびっきりの儲《もう》け話を提供しに来たんだよ！　商会長に会わせてくれよ！　もしくは『ファーム』の服を作ってる仕立て師に！」

……。

…………ん？

「オレの画期的アイデアが加われば、『ファーム』の最先端の流行服は十倍の勢いで売れまくるぜ！　断ったら後悔する！　凄《すげ》えイカした『ファーム』の服を作るハイセンスな仕立て師なら、きっとオレにシンパシーを持ってくれるはずさ！」

「あのー……、すみません？」

彼へ声を掛けたわけではない。

シャクスさんに会うためにも、門番さんに一言なければならぬだろう。

「バティ様ですね。会長より話は伺っています。どうぞお通りください」

「おいコラ！　何勝手に割り込んでんだよ！　用件はオレが先だ！」

「許可のない者に会長はお会いにならない。面会を望むなら然《しか》るべき方から推薦を貰《もら》ってアポイントを取って来い」

「オレにはそんなもの必要ねえ！　オレのアイデアさえあれば世界は変わるんだ！　商会長に会わせろ！　『ファーム』の仕立て師に会わせろ！」

揉み合いの脇をすり抜けて、私とベレナは建物の中へと進んでいく。

「おい待て！　なんでそんな小娘が優先されてオレは後回しなんだよ!?　『ファーム』の仕立て師に会わせろ！　会わせろったら!!」

門番に阻まれて内部に入れない男の声は、どんどん遠ざかって聞こえなくなっていくのだった。

私はベレナと並んで商会本邸内を進んでいく。

＊　＊　＊

再び野外。

商会でシャクスさんと合流し、三人して『ミックスパイダー』が衣服を作っているという工房へと向かう。

そこでシャクスさんから、今日の会合の詳細を聞く。

「裁縫勝負?」

「左様です。組合長から提案がありました。あちらが勝てば、バティ様には『ミックスパイダー』に加入してもらうと……！」

「なんですかそれ？　じゃあ私が勝ったら？」

「特に聞いておりませんな」

私には何のメリットもない勝負じゃない。

そんな勝負を受けると、どうして考えるのか？

普通に考えたら、同業者の誰もが夢見る『ミックスパイダー』に加入できるのは万々歳なんだろうけれど。聖者様の農場を抜けるわけにもいかないしな。

「……ただ、この件が魔王妃様の耳に入ってしまいまして」

「なんですと!?」

「聞いた瞬間ノリノリとなり『ではその勝負、私が取り仕切る！』と……」

アスタレス様。

勝負事が大好きな癖まだ抜けていなかったんですか。

結婚して、母親にまでなったというのに……。

「アスタレス様が乗り気になったんならアンタに拒否権はないわね」

同じく元上司をよく知るベレナの指摘に反論しようもなかった。

わかってますよ！

その通りですよ！

＊　＊　＊

『ミックスパイダー』の工房に着くと、何故《なぜ》か見慣れた元上司の顔が真っ先に現れた。

「バティ、お前は本当に忠義者だな」

その腕には、まだ赤ん坊のゴティア魔王子が抱かれていた。

「ゴティアは、これから魔国を背負って立つ勇士に成長して行かねばならない。そんなこの子に早速血みどろの真剣勝負を実地で見せてくれるとは！」

「血みどろにはなりませんよ!?　裁縫勝負でしょう!?　何過剰な期待を寄せてるんですか!?」

その残虐将軍の名残いい加減に消してください、魔王子の成長に悪影響です！

工房内の、けっこう開けたスペースに、ギャラリーらしい大人数まで配置して！

ここの本来の住人である『ミックスパイダー』の人たちが困惑してるじゃないですか。

向こうの方で縮こまっている！

「組合長殿。大丈夫です。安全ですのでこちらにいらしてください。正式に顔合わせをいたしましょう」

シャクスさんに取りなされてやっとこっちに来る組合長さん。

たしかに堅気の人にはアスタレス様の覇気は近づきがたいだろう。

これは魔王妃として大いに問題な気がする。

「ま、魔王妃アスタレス様。テイラーブランド『ミックスパイダー』を取り仕切る者でございます。遅ればせながら魔王子ご誕生、我ら一同心よりお祝い申し上げます」

「祝辞は、ゴティアの衣服と一緒に貰った。品物の方は受け取れずに悪かったが」

「滅相もございません。魔王様魔王妃様のお眼鏡にかなう物を用意できなかったこと、御用達《ごようたし》の栄誉を賜りながら深く反省するところでございます」

「そう思い詰めることはない。過去の失態は今日の流血で償えばいいのだ」

だから！

魔王妃として！

『流血』とか言うなって、言ってるんですよアスタレス様!!

みだりに！

組合長さんビビりまくって一定の距離から接近できない!!

「それで、そちら側の用意した兵はどこにいる？　まさか組合長みずから戦うわけではあるまい？」

「は、ははぁー!?　ではこちらに……！」

組合長さんに促され、二十代半ばか後半ぐらいの女性の人が出てきた。

彼女が『ミックスパイダー』を代表する仕立て師ってこと。

「フルレティと申します」

と大手ブランド側の女性が頭を下げた。

……ん？

今の名前？

「フルレティは我が実娘ながら、腕前は我がお抱えの仕立て師の中では一番。当ブランドを代表する逸材です。魔王妃様にも是非覚えめでたくしていただきたいと思っております」

「本日は、魔王妃様の御前にて存分に針を振るわせていただきます。そして……」

相手の女性の視線が、おじけずこちらへ放たれた。

堅気の人でアスタレス様の覇気に抗しうるとは、ただ者ではないわね。

でもこの人……。

どこかで見たような……？

「アナタが、『ファーム』の服を縫っている仕立て師。思った以上に若いわね」

「………………」

「ソロで好き勝手に暴れているようだけど、業界には組織に属する仁義があるってことを教えてあげるわ。そしてアナタは『ミックスパイダー』の下で才能を発揮していくのよ」

「……お姉ちゃん？」

「はい？」

ああ。

間違いない間違いない。

最後に会った時から十年以上経《た》っていて記憶の照合に時間かかったけれど。

幼い日に生き別れた私の実姉じゃないの。

生まれ故郷の村が人族軍に滅ぼされ、避難のゴタゴタではぐれてからずっと会えぬままとなっていた我が肉親。

あれから私は孤児として魔王軍に入ることを余儀なくされ、その中で必死に生き抜きながら四天王副官にまで上り詰めた。

「……いやー、肉親なんてとっくに死んでたかと思ってたのに。生きてたのね。しかも魔都にいただなんて。世の中狭いわー」

「じゃ、じゃあ本当にバティなの？　生きていたの？　本当に？」

なら、そっちにいるのはお父さんとお母さん？

あらいやだ、全員元気に生き残っちゃって。

「バティ!?」

「バティ!?」

父母もこちらに駆け寄ってきて家族四人。

十数年の年月を越えてここに集まった。

感動的な一瞬だった。

「え？　なんだ？　戦わないの？　つまらん」

「アスタレス様！　水を差さないで！」

私が家族との再会で手一杯なところで、ベレナが的確にアスタレス様にツッコミを入れている。

やはりあの子を連れてきてよかった。

「バティってあれでしょう？　戦争に巻き込まれて一家離散して、天涯孤独になったところを魔王軍に入って……？」

「下士官として頑張っているところを私に見出《みいだ》されて、四天王副官に抜擢《ばってき》されたのだ」

ひとしきり再会を喜び合ってから、アスタレス様のところへ戻ってくる。

「意外だったぞバティ。お前、家族を探す素振りも見せなかったから、てっきり死別したものと思っていた」

「私も、魔王軍に入ったばかりの頃は率先して探そうとしてたんですがね。アスタレス様に目ぇ付けられてからシゴキがきつくて……！」

自分が生き延びることしか考えられなかったというか……！

アスタレス様のシゴキで、必要なこと以外は何も考えられない立派な副官に育ちました……！

「でもこうして再会することができた……！　いつか会えると信じていたわ！」

「こんなに嬉《うれ》しい日は、人族軍に故郷を滅ぼされて以来ありませんでした！」

「我ら仕立て師を守護する精霊アラクネに感謝を!!」

お姉ちゃんと、お父さんお母さんのテンションが野放図でちょっと引く。

十数年ぶりの家族だからどう接していいかよくわからない。

「バティ！　バティは今までどう過ごしていたんだい!?」

「魔王軍に入ってー。出世してー。四天王副官にまでなってー」

「「「四天王副官!?」」」

家族たちはビックリしていたけど、それも当然か。

四天王副官は、門地のないノンキャリア組が行き着ける頂点と言ってもいい。

「それを辞めてー」

「「「辞めた!?」」」

「今はある場所で服作りを生業としております」

さすがに聖者様云々《うんぬん》のことを気軽に言うわけにはいかない。

でも改めて見詰め直してみると波乱万丈だなあ、私の人生。

「で、ではまさか……！　私たちを脅かす『ファーム』の仕立て師は……!?」

「私のことでございます」

だからここに来たんだし。

「神よーッ!!」

お姉ちゃんが崩れ落ちた。

「なんと言うこと！　なんと言うこと!!　十年以上ずっと生存を信じていた妹と、こんな形で再会するなんて！　敵として再会するなんて!!　魔族の神ハデス様は何故《なぜ》こんな過酷な運命を強いるの!?」

後日当人に聞いてみますわ。

「まあ、副官時代お世話になったアスタレス様の御助力もあってボチボチやってる感じですよ」

「そっか……！　アナタが副官をしていた四天王ってアスタレス様だったのね……!?　『ファーム』の服を最初に着ていたのはアスタレス様だっていうし。何という強力な後援者を……!?」

もっと強力な後援者が別にいるんですけどね。

「と、とにかくこうなったからには話は決まったわね」

「ん？」

「バティ、アナタ『ミックスパイダー』に入りなさい！」

何です姉？　藪《やぶ》から棒《ぼう》に？

「アナタも仕立て師となった以上、業界組織に属するのは当然のことよ。私たち家族の営む『ミックスパイダー』に!!」

「そうだぞバティ！」

「また家族で一つにまとまりましょう！」

お父さんお母さんも嵩《かさ》にかかって。

「そもそも！　きっちりとした工房に弟子入りもせず独学で服作りしようなんて舐《な》めてるわ！　アナタに必要なのは、ちゃんとした教師から指導を受けることよ！　私がアナタを教えてあげるわ、姉として！」

「あぁ？」

あぁ？

「ちょっと待っておくんなまし？　私の作った服、魔都で大流行で姉さんたちのブランド圧倒してるんだけど？　そんな私に『教えてやる』とは、随分上から目線じゃないんですかー？」

「そんなの、アスタレス魔王妃の後援でブーストかかってるだけじゃない。そんな奇策はすぐ賞味期限が過ぎるわよ。その前に、独学者が陥りがちな基礎の不足を補ってやろうって言ってるのよ姉として！」

「基礎なら生まれ故郷に住んでた頃しっかり叩《たた》き込まれたわーッ！　姉々偉そうに言いやがってー！　妹の真価を思い知らせたらぁー!!」

うむ、懐かしいこの感覚。

私とお姉ちゃんは、一緒に暮らしていた幼い頃も、こうやってよくケンカしたものだ。

いついかなる時もお姉ちゃんが百％間違っているのですが！

「ああ、この喧《やかま》しさ……！」

「二人とも幼い頃と同じ、一気に昔に戻ったようですわ……！」

お父さんお母さん。

姉妹の諍《いさか》いを眺めてホロリとしないで。

「こんな狂犬めいたバティは、ついぞ見たことがないな……！」

「人って肉親の前だと、外では見せない独特なテンションになりますから……。でも家族専用テンションが狂犬なのもどうかと……？」

アスタレス様！

アスタレス様、戸惑いながら見てないで！

アナタにお願いしたいことがあります！

「やります！　勝負やります!!」

「おおッ？」

魔都最大手のテイラーブランド『ミックスパイダー』から勝負の申し出。

全然気が進まなかったけど不思議ね。

急に闘志が湧いてきた！

「アスタレス様が仕切りなんでしょう？　やってください、今すぐやってください！　私が姉を叩き潰すウィニングロードを！」

「おおッ！　やるかッ!?」

私も、なんか唐突に挑戦者を叩きのめしたくなりました。

私の仕立て屋としてのプライドを懸けて。

「あれあれあれ!?　なんで!?　ここは家族が再び一つとなる感動のストーリーじゃないの!?」

「うっさい！　私を除《の》け者《もの》にして家族仲良く暮らしてきやがって！　鬱憤晴らしも兼ねてコテンパンに叩きのめしてあげるわ!!」

「それを言うならアンタこそ！　四天王副官にまで上り詰めておいて家族を探そうとしなかったの!?　それぐらいの権力あるでしょ!?」

「舐めんな副官なんて四天王の許可がなければ一兵だって動かせないわよ!!　それ以前に！　アスタレス様の地獄のシゴキで余計な願望なんて擦り切れたわ!!」

そうなった者だけがアスタレス様の副官として採用されるのよ！

「こうなれば決着をつけるしかなさそうね……！」

「いかにも！　姉妹としてでなく一人の仕立て師として！」

「姉より優れた妹などいないと証明する！」

「妹より優れた姉などいないと証明する!!」

火花を散らせ。

どちらかの命尽きるまで戦い合え！

「おお！　やっと面白くなってきたな！」

アスタレス様もノリノリ。

「では勝負を始めようではないか！　ルールはどうする？　素手か？　武器ありか!?」

「アスタレス様決闘じゃないですよ」

仕立て師の勝負って言ったじゃないですか。

勝負方式としては、互いに同じ素材で服を一着作って、その出来栄えやデザイン性を審査するって感じかな？

「審査員はどうするの？　『ミックスパイダー』側から出すとしたらフェア性が保てないと思うんだけど？」

かと言ってアスタレス様やベレナでは素人目だし。高水準の審査などできないだろう。

シャクスさんなら大丈夫かな？

大商会の会長として目も肥えてるだろうし。

「心配無用だぞバティ、その点に関しては。私が最高の審査員を用意した」

アスタレス様が自信満々に言う。

「見るがいい！　このギャラリーたちを!!」

そういえば、試合会場となっている広場には、私たちの他にも多くの人々が詰めかけていた。

観戦のためのギャラリーかと思ったが。

まさか投票式で勝敗を決するとか？

「ここにいるのはすべて召喚魔術師だ」

「召喚魔術師!?」

「魔王妃の権限で優秀なのを二百人用意した。この二百人の死力を振り絞って召喚させるのだ」

「何をですか？」

「無論、勝負の審査員だ」

審査員を召喚!?

益々《ますます》わけがわからない！

「お前たちがやるのは裁縫勝負だろう？　ならばそれにもっとも相応《ふさわ》しいのは、裁縫界の頂点に位置する、裁縫の神というべき存在だろう」

「裁縫の神って何ですか⁉」

「聞くところによると、ここ『ミックスパイダー』は上級精霊アラクネを信奉しているとか。蜘蛛《くも》の化身で糸を司《つかさど》り、みずからも優れた機織り師で縫い師であるというアラクネは、裁縫職人の守護者であるという」

『ミックスパイダー』のブランド名の由来も、そのアラクネから来ているし、ブランドマークにも蜘蛛デザインが採用されている。

「まさか……⁉」

「そうだ！　召喚師二百人を総動員して上級精霊アラクネを召喚し、勝負を取り仕切らせるのだ！」

「ちょっと大袈裟《おおげさ》すぎやしませんか⁉」

しかしアスタレス様のノリノリを堰《せ》き止めることは、魔王様ぐらいしかできそうにない。

会場を埋め尽くすギャラリーと思いきや、一転重大な役目を担う召喚魔術師さんたちが一斉に印を結び始めた。

「上級精霊召喚の儀、開始!!」

蜘蛛の女神

バティです。

なんか話が急に大きくなってきた。

上級精霊。

それは、この世界に君臨する超越存在の一種。

世界中を循環するマナに溶け込んで、世界の均衡を保つのが役割の精霊。

たとえば聖者様の農場で働いている大地の精霊は、本来姿が見えないモノがハデス神の加護によって実体化したもの。

しかし、そんな精霊たちの同系上位の存在として知られているのが上級精霊。

本質的にはマナの流れにたゆたう霊的存在という点で精霊たちと同じだが、その能力、格、知性などは遥か上位の存在だとされている。

無論私たち、魔族や人族に対しても。

上級精霊の力は、地上に生きる者たちを遥かに上回り、信仰の対象になっている者すらいる。

私たち仕立て師が、上級精霊アラクネを信仰しているように。

『下級神』『準神』といった異称も持つ上級精霊は、言わば神と精霊の中間に位置する存在。しかも神側に限りなく近い。

Let's buy the land and cultivate in different world

本来私たち魔族が気軽に触れていい相手ではなかった。

まあ、それでもハデス神やポセイドス神といった正真正銘の神よりは近しいと言えなくもないけれど。

「では行くぞ！」

「「「「おおぉーッ!!」」」」

「魔王妃アスタレス様からの要請である！　奮励努力し、我らも命に代えてでも上級精霊アラクネの召喚を成功させるのだ!!」

「「「「了解ッッ!!」」」」

命を懸けて!?

そこまでの覚悟をもってでないと召喚できない御方《おかた》ですか!?

いいんですかそこまで無理させて!?

たかが仕立て師の勝負ですのに!?

「くぉおおおお————ッ!!」

「がはぁッ!?」

「魔導師長様ぁ！　魔力の大量噴出に耐えきれず吐血する者が続出ですぅ!!」

「怯《ひる》むな！　このまま魔力を放出し続けるのだ!!　召喚術式を満たすにはまだまだ全然足りんぞぉ!!」

魔族の中でも選《え》りすぐりと思《おぼ》しき上級魔術師たちが、次々吐血しながらバッタバタと倒れていく。

そうまでしないと召喚することのできない上級精霊。

……ただ注意点として。

その上級精霊も、農場でよく見かけるハデス神と比較したら、文字通りの虫けら程度の存在なんですって。

主神クラスをたった一人で気軽に召喚しちゃうノーライフキングの先生って、やっぱ……！

「おっしゃー！　魔力が満ちたぞー!!」

「魔導師長！　召喚呪文を！　これだけの魔力を満たすのなんて一回こっきりですから絶対噛《か》まないでくださいよ!!」

「わかってりゅ!!」

噛んだ。

それでも魔力で満たされた魔法陣から光が放たれ、そのあとに異形の存在が姿を現した。

美しい女性だった。

上半身だけは。

下半身は巨大な、蜘蛛《くも》そのもの。

本来蜘蛛の頭があるべき部分が、女性の上半身に置き換わった。

そんな様相が、人類を超越する上級精霊の一角。

糸の守護者アラクネ。

私たち仕立て師だけでなく、織匠、染め物師などすべての布にまつわる職業の守護者であらせられる。

『召喚されて実体化するなんて久々ねえ』

アラクネは、超越者らしいゆったりした態度と口調だった。

『誰が私を召喚したのかしら？　用向きは何？』

「うむ、それは私だ！　魔王妃アスタレスだ!!」

堂々と名乗り上げるアスタレス様。

もう少し畏《かしこ》まりませんか？

『魔王妃……。私に拝謁される資格は一応足りているようねえ』

「此度《こたび》、魔国最高の仕立て師を決める戦いが行われる。アナタにはその勝敗を決める役をお願いしたい」

『へえ、勝負……？』

「アナタは神に近い者として、糸に携わる仕事の守護者であると聞く。そのアナタこそ審判に相応《ふさわ》しいと思ってな」

発想はいいかもしれないけど、それを実際に頼み込むアスタレス様の肝の太さ。

普通だったら腰が引けて無理です。

主神格であるハデス様と数回にわたって接してきたせいかアスタレス様の感覚がおかしくなっていた。

「参考までに、こちらが勝負を行う両名の過去作品でございます」

用意がいい。

シャクスさんがメイドを使って、数着の衣服を持ってこさせた。

話から察するに、過去の私の作品と、お姉ちゃんの過去作品だろう。

『ほうほう、なるほど』

アラクネ様が、手渡された衣服を目前で広げた。

私には見覚えのない服で、お姉ちゃんの作品だろう。

『………』

幼い頃に生き別れ、十数年間どのように姉が成長してきたか私は知らない。

しかし最大手ブランドでナンバーワンを張るというに相応しく、その作品は一目見ただけでも傑作であることがわかった。

『縫い目もしっかりしているし生地もいい。何より涼風のように爽やかなデザイン。なるほど私の審査を受けるに値する腕前はあるようねえ』

まずお姉ちゃんが上級精霊の予備審査に合格した。

次は私か……。

『ぬふぉおおおお――――――――――ッ!?』

何ッ!?

準神とも呼ばれる上級精霊が唐突に吠《ほ》えた!?

私が作った服持ってる――?

『何この!? 何この光り輝く純真な生地は!? ここまできめ細かく、さらに肌触りもいい! 魔力まで帯びていて! とにかくキラキラ! キラキラしてるぅ――ッッ!?』

あれ金剛絹で縫った服じゃない?

初期に僅かしか出回ってないのに、何故《なぜ》よりにもよってそれチョイスした!?

「バティ様の作られた衣服は大人気で、在庫は一つ残らず売れてしまっていて……!」

「仕方なく私の衣装ルームからサンプルをチョイスしてきた」

アスタレス様のところから!?

じゃあ仕方ないわ!

金剛絹製のドレスしか献上してないし!!

いやそんなことない!

最近は普通の繊維の日常服もたくさん献上してる! 何故その中からよりにもよって金剛絹をチョイスした!?

『ふぉおお……! こ、これはもう、この服を作った方の勝ちで……!!』

アラクネ様が興奮のあまり思考放棄しそうになった直前。

「お待ちくださいアラクネ様!」

「素材はあくまで仕立て師の腕とは関係ありません! どんなにいい生地を使っても、縫いが粗く採寸も適当なら駄作!!」

我が父母が上級精霊様に物言いを!

「何よそれが実の娘の作品に対する物言い!?」

「娘だろうと私たちに敵対する以上、何が何でも勝たなければ！　『ミックスパイダー』存続のために!!」

両親が、家族愛よりも仕事の方を優先してやがる!?

コイツら何が何でも叩《たた》き潰してやる!!

『た、たしかに一理ある主張ね。……生地の素晴らしさに圧倒されて見逃すところだったけど、仕立ての上手《うま》さは、先に見たものに勝るとも劣らない。充分合格よ』

よっし。

金剛絹の凄《すご》さばかりが取り上げられるから、私自身の裁縫の腕が評価されるのは嬉《うれ》しい。

提出されたサンプルは初期作品だから、ミシンが導入される前の手縫い品だ。

私とお姉ちゃん。

二人の裁縫の腕前は、仕立て師の守護者が互角の評価をつけた。

『双方、このアラクネが審査するに値する仕立て師であると認めましょう。先ほどの意見の通り、素材などの影響を排除するために改めて、同じ素材、同じ作製時間で衣服を作り、その出来栄えで勝敗を決めるというのはどう？』

「「望むところ」」

私とお姉ちゃん、異口同音に宣言した。

まさかこんなところで姉妹対決となるとは。今朝起きた時には少しも予想していなかった。

「バティ。アナタを倒し、アナタの技術と名声を『ミックスパイダー』に取り込む！　家族は支え合って生きていくものなのよ！　そして妹は、姉に絶対服従するもの!!」

「既に私にとってはアスタレス様という神より怖い主がいる！　なんかムシャクシャしたのでお姉ちゃんは叩き潰すわ!!」

対決のボルテージはひたすら上がっていた。

『では勝負を始める前に、私から激励の言葉を授けましょう』

今や審判役に完全前向きなアラクネ様が、前口上まで買って出てくださる。

『既存作で見たアナタたちの腕前は、いずれも最高のものだったわ。あの素晴らしい生地のせいで、あまり印象には残らなかったけど。あの素晴らしい生地の衝撃が何倍も上だったけれど……！』

よっぽど金剛絹が気に入ったんだろうなあ。

『魔王妃の言う通り、この勝負は地上一の仕立て師を決めるに相応しい勝負となるでしょう。そこでこの上級精霊アラクネより、勝者に賞品を贈ることにするわ』

賞品!?

何それ？　何か貰《もら》えるならワクワクなんだけど!?

『ごらんなさい』

上半身が美女、下半身が蜘蛛という異形を持つアラクネ様の後部から、糸が出てくる。

それこそ本物の蜘蛛が、巣作りのために糸を出すように。

しかもその糸は、ほんのり虹色に輝いていた。

『すべての仕立て師の守護者たる私が、生産し、扱うことのできる糸。この糸は、地上にあるどんな糸よりも丈夫で美しい。過去、様々な伝説の武具や神衣の原料となってきたわ』

「まさか……、賞品とはそれを……!?」

『ケチなことは言わないわ。勝者には、この上級精霊アラクネから祝福を与え、私と同じようにこの糸を好きなだけ得られる権利を与えましょう』

「？」

と、言うと？

『私と同じように、この至高の糸をいくらでもお尻から出るようにしてあげるわ!!』

「けっこうです」

バティの帰還

久方ぶり。

俺です。

今は魔都から帰ってきたバティの土産話を聞いております。

「それで勝負はどうなったの？」

問題になっている大手ブランドのトップがバティの生き別れた家族一同だったとは驚きだが、その家族——お姉ちゃんだっけ？——と裁縫勝負をやるとはなかなか思い切ったことだ。

バティは今、魔都での用事をすべて終えて我が農場に帰還している。なので勝負もとっくに終わっているわけだが、果たして勝利の女神はどちらに微笑《ほほえ》んだのか？

「勝負なんてしませんでしたよ。取りやめですよ」

ええー？

散々気を持たせておいてそれかよ？

「だって勝ったらお尻から糸が出る特異体質になるんですよ？　なんで勝ってまでそんな過酷な罰ゲームを受けなきゃいけないんですか!?」

まあ蜘蛛《くも》の糸ってそういうものだし。

蜘蛛が尻以外のどこから糸を出すというのかね。だからアラクネとやらの主張もしごく真っ当なものであろう。

って言っても納得できるわけがないよな。

特にバティの方は、負けたらアスタレスさんからのおしおきは必至だから。

勝っても地獄、負けても地獄。

そんな勝負に乗っかるわけないよな。

「私……！　思ったんです！　たとえ長く離れて暮らしても家族は家族！　愛すべき姉と争うなんておかしいと！」

「そういう体で勝負から逃れたわけだ」

「お姉ちゃんも同じ気持ちだったらしく、肉親同士で争い合う愚かさに気づいた私たちは、抱き合って再会の喜びを噛《か》み締めたんです!!」

姉も妹に似て要領がよかったわけか。

さすが一代で業界最大の組合長まで上り詰めた一家。

バティの要領のよさは血統だったというわけか。

「じゃあ、勝負なしでどうなったんだい？　相手の揺さぶりとかいろいろ問題になってたんだろう？」

「とりあえずシャクスさんのところに無茶な要求はもうしないということで話がまとまりました。お姉ちゃんたちとしては、新興ブランドにシェアを食われるのを食い止めたいっていうのが何よりの望みだったので……」

それに全面協力してもらえば騒ぐ必要もないってことか。

「私からしてみれば『単にそれ市場競争じゃない？　なんでこっちが気ぃ回してやらなきゃならないの？』ってところなんですが、家族を見捨てるわけにはいかなくて……！」

「………………」

ここまでのやり取りを聞いていると、とても空々しいセリフだと感じた。

しかしこの子、ウチに来てから様々なことが上り調子すぎないか？

元々魔王軍だったのが、上司の失態を被《かぶ》って一緒に失脚して。

返り咲きで魔王軍に戻るのかと思いきや、こちらの需要を見抜いてかねてからの夢、服作りの職に就任。

成果を上げまくり、かねてから意中の人といい感じにもなり。

そして今回、生き別れた肉親とも再会できた。

何て順風満帆の人生だ。

バティはこれからも引き続きウチで服を作ってくれるらしいので、安心して頼らせてもらおう。

「我が君」

「うん？」

などとまったりしていると、オークボがやって来た。

この時間に報告を受ける予定はなかったので、何か変事らしい。

「モンスターを捕獲いたしました」

「捕獲？」

「何やら珍しいタイプですので、絞める前に我が君にご報告をと……」

＊　＊　＊

どういう風に珍しいモンスターかわからなかったので、実際見てみるために現地へ赴いた。

そこにはたしかに、今までにないタイプの生き物が取り押さえられて拘束されていた。

その外見を率直に言い表すと……。

上半身が女性。

下半身が蜘蛛。

そんな感じ。

「アラクネ様!?」

一緒に付いてきたバティがビックリ仰天の声を上げた。

え？　何？

知り合い？

「さっき話していた上級精霊ですよ！　仕立て師の守護者でもある御方《おかた》です！」

『アナタはバティ！　探したわよ！』

蜘蛛女さんは、その足を一本ずつウォリアーオークたちに押さえつけられ身動きできなかったが、一応上半身は自由でパタパタ手を振った。

『助けてー！　アナタを追ってここまで来たのに、凶悪なモンスターに捕まってしまったのー！　きっとエッチなことをされてしまうわ！　人族に伝わる神話みたいに!!』

たしかにあんな怪しい存在を発見したら袋叩《ふくろだた》きにしなきゃだろう。

ウチのオークやゴブリンたちに非はない。

「私を追ってきたって、どうやって？　そして何故《なぜ》!?」

戸惑いのバティ。

『そりゃもちろん、アナタの作品に使っていたあの生地のことを知るためよ！　ここであの生地を作っているのね！　アナタに糸を引っ掛けておいた甲斐《かい》があったわ！』

「ええーッ！」

なんでも上級精霊のアラクネさんは、バティとそのお姉さんの勝負の場で見かけた金剛絹に心奪われ、どうしてもその生産現場を一目見たくなったという。

現地でもバティを問い詰めたが、色よい返事が貰《もら》えずに一計を案じたという。

「勝手に聖者様の農場まで案内するわけにもいかないし、『お礼にお尻から糸を出せるようにしてあげる！』って言われたらなおさら……！」

アラクネは、バティ本人が気づかぬうちにその体に糸をつけ、その糸を手繰って、ここを特定したのだという。

「ウソ!?　帰りにも転移魔法を使ったのに!?」

『空間転移で振り切れるほど上級精霊は甘くないわよー？』

ちょっと自慢気。

依然としてオーク、ゴブリンに押さえられて身動き取れてないけど。

『ねー？　ここまで来たんだから見せてあげてもいいでしょう？　何もタダとは言わないから！

謝礼に私の祝福を与えて、お尻から極上の糸が出るようにしてあげるから!!』

「だからいらねえっつってんでしょうがあ!!　しつこいわあ!!」

さすがのバティも超越種相手にキレざるをえなかった。

なんでも仕立て師の守護者とのことだが、だからこそ繊維に関して目がないのかなあ？

上級精霊。

準神、下級神と異称される存在。

俺にとっては馴染《なじみ》のない存在なのだが、この世界ではどの程度の順位に位置しているんだろう？

『珍しいモノが来ておりますの』

「うひぃッ!?　先生ですか、ビックリしたあ……！」

気づいたらノーライフキングの先生が現れていた。

この人は音もなく忍び寄ってくるので、心臓が止まりそうになる。

「上級精霊と言えば、そこそこ大層な存在だからな。近くに現れれば気配は感じる」

「ヴィールまで？」

なんとドラゴン、ヴィールまで人間形態で登場。

『念のため駆けつけてみたが、害意はなさそうじゃな』

「そうでなきゃ、おれか死体モドキが一発で吹き飛ばしているさ。おい蜘蛛女」

ヴィールに呼びかけられアラクネ、ビクリと震える。

『はいぃッ!?』

「ここの主はおれのご主人様だ。ご主人様のお許しが出ない限り、おれはお前をぶっ飛ばさないが、あまり舐《な》めたマネをするようなら主の許可は必要ないぞ。よく考えて振る舞うんだな」

『はいいいいいい……ッ!?』

アラクネさん。蜘蛛の巣にかかった蝶《ちょう》のような哀れぶりだった。

「さーて、大したことでもなかったし帰って寝るかなー」

『ワシは外に出たついでに温泉に浸《つ》かっていこう』

ヴィールと先生はそれぞれ去っていった。

あとに残ったのは、小刻みに震えているアラクネさん。

『ねえアナタ？　私のことを少し教えてあげる』

「なんすか？」

『私たち上級精霊が、世界二大災厄と呼ばれるドラゴンもしくはノーライフキングとケンカしたら必ず負けるから!!　絶対アイツらけしかけないでね!!』

「そうすか」

実際オークボたちに負けて取り押さえられるぐらいだからなあ。

上級精霊って、それぐらいの立ち位置か。

「わーい！　上級精霊さまですー！」

「じょうとうな精霊様ですー！」

唐突に訪問してきた上級精霊アラクネを、ウチに住む大地の精霊たちが歓待した。

『あらあら、精霊が実体化しているなんて珍しいわね。うふふ可愛《かわい》い』

アラクネの方も、子犬のように群がってくる大地の精霊たちにほんわかしている。

「……はッ!?　よくみたらコイツ、クモです!?」

「クモは巣を張って家をよごすですー！」

「がいちゅーです！　ひねりつぶすですー!!」

大地の精霊たちは、屋敷を整理整頓する仕事を持っているので、それはもう精力的に蜘蛛《くも》の形をしたアラクネをボコボコにし始めた。

正確には下半身が蜘蛛で、上半身が女の人。

『ぎゃあああああッ！　痛い痛い痛い！　何なのやめてーッ!?』

なすすべなく精霊にボコられていく上級精霊。

「……はッ!?　ちょっと待つです!?」

「クモは、他のがいちゅーを捕まえて食べてくれるです!?」

「えきちゅーです！　たてまつるですー!!」

精霊たちはすぐに意見を変更して、アラクネを崇拝し始めた。

『一体何なのよ……？』

こっちのセリフだよ。

「上級精霊っていうぐらいだから精霊から尊敬されたりしないの？　扱われ方すっごい雑じゃん？」

『上級精霊自体がかなりテキトーな括《くく》りだから。神と呼べるほどでもない神聖な属性は、全部上級精霊ってことにしとけ、ってぐらいの気分だからね』

上級精霊みずから説明してくれる。

『だから上級精霊には、出自からして多種多様なのよ。元は人類だったものが死後神格化したり、逆に神だったものが堕《お》ちたり、この子たちみたいな普通の精霊が、何かのきっかけでランクアップする例もあるわ』

そうしたものをゴタ混ぜにした上級精霊は、かなりグレーゾーンらしい。

先ほどアラクネは、先生やヴィールにマジビビりしていたが、中には世界二大災厄に対抗しうる上級精霊もいるんだそうな。

「神のヤツらほど実体化に厳格な縛りがないから、割と気楽に地上にも現れるしな」

ヴィールがボソリと耳打ちしてきた。

帰って寝るとか言っていたけど、結局また戻ってきてくれたのか？

「目をつけられると神以上に厄介な相手かもしれんぞ、ある意味」

『そんなことより、ついにここなのね！　あの光り輝く生地が生産されているのは!!　さあ案内して！　このハウスの生地生産場所に案内してー!!』

この蜘蛛女さんノリノリである。

「ドラゴンブレスで消し炭にしてやってもいいけど。コイツらの場合、物体化が解かれるだけで霊性は少しもダメージ負わないしな。要するに何度でも復活してくる」

まあ、いいんじゃない？

強いて隠すものでもないし、見学希望者は受け入れてあげれば。

そういうわけでアラクネを案内してみた。

＊　＊　＊

そして御対面。

金剛絹の作り主、金剛カイコ。

彼らは今日もお蚕部屋で、せっせと糸を作り出していた。

そこへ来訪するアラクネ様。

蜘蛛とカイコは運命的な出会いを果たした。

『しゃー！　ふしゃーッ!!』

『がるるるるるるるるるるるるるるる!!』

なんか互いに威嚇し合っている。

「金剛カイコが鳴いている……!?」

っていうか鳴くんだカイコ?

いや、種の限界を超えて進化した感はあるけれど。

『にゃーッ! ぎにゃーッ!! ふしゃしゃ————ッ!!』

『ぎゃおおおおおおおおおおお!!』

っていうか何故《なぜ》威嚇し合う!?

興味を持ってこの場を訪れたんじゃないの!?

『眼《め》を合わせた瞬間気づいたのよ! こんなヤツらが作る糸に負けるわけにはいかないわ! すべての糸の守護者として!!』

変な意味でのシンパシーを感じやがった。

頂点は二種類もいらない的な?

『ねえ! そこのアナタ!』

「え? はい?」

この俺のことですか?

『アナタがこの虫どものオーナーなのよね!?』

「飼い主という意味ではそうかもしれませんが……。でもアナタも広い意味では虫ですよね?」

『この私の糸はどう？　こんなイモムシどもの吐き出すものより何倍も美しいわよ!!』

ご自分の蜘蛛の尻部位から糸を出した。

『ほらほら、まるで水のような潤いと光沢でしょう!?　アイツらの糸より凄《すご》いでしょう？』

「いやアナタ、アイツらの作る糸というか金剛絹を評価してたんじゃないんですか？」

『本人（？）を見た瞬間負けられないと感じたのよ！　生産量だって豊富よ！　祝福してバティちゃんのお尻からも糸出るようにできるし!!』

いい加減諦めてください。

それを一番望んでいないのはバティ自身なのです。

『………』

そんなアラクネのやりたい放題を見ていたからだろうか。

金剛カイコたちが一斉に糸を吐き出した。

いや、糸を吐く作業なら元からやっていたのだけれど、ペースを無視して本気の勢いで吐き出す感じだ。

しかも、複数のカイコがそれぞれ吐き出す糸は、色とりどりで……。

『赤に青？　黄色と緑？　橙《だいだい》に水色黄緑と細かい色まで!?』

アラクネに対して『お前にこんな細かい色分けできるの？』とばかりに挑発的な気配が金剛カイコたちから送られた。

しかも彼らの挑発はそれだけにとどまらない。

金剛カイコの一匹が一本糸を吐いたのだが、その糸が口から離れないうちに、他の金剛カイコが糸のもう一端をもって……。

引っ張って。

引っ張って。

引っ張って……。

ゴムみたいにどんどん伸びていく!?

「伸びる!?」

やめろ！　そこまで限界に引っ張ったら！

放すなよ！　絶対に放すなよ！　放すなったら……！

ぎゃあああああああッ!?

バチンッ!?

無慈悲に放しやがった！

伸ばしまくった糸が伸縮性を発揮して元に戻り、糸を吐いたカイコの顔面にクリーンヒットして痛がるリアクションまで完璧じゃないか!!

というか要するに……。

これはゴムのように伸び縮みする絹糸を吐けるぞというデモンストレーション!?

『できるの?』

『これキミにできるの?』

……的な挑発がカイコたちからアラクネへと送られる。

守護者のプライドがギシギシ軋《きし》む音がする。

『あああああ！　私にだってできるわよ！　私の糸は蜘蛛の糸よ！　つまり、獲物を捕らえる粘着力抜群の糸も吐けるのよ!!』

と、お尻から一筋糸を出して、俺に手渡してきた。

……。

うん、くっつく。

離れない離れない。

マジで離れない!?

ねえこれどうしたら剝がれるの!?

皮膚ごと引っぺがす!?

怖いこと言うな!?

『ふっふっふー、どう？　アナタたちにこんな粘着性のある糸出せる？　無理でしょー？　アナタたちのようなカイコ風情には？』

勝ち誇った表情のアラクネだが、それに対する金剛カイコたちのリアクションはやけに薄い。

というかクール。

彼らの言わんとしていることを表情から読み取ってみると、大方こんな感じだろう。

『それが何の役に立つの？』

『機織り、裁縫、服作りの何の役に立つの？』

と。

『にぎゃあああああッッ!!』

糸の守護者、キレた。

『ちょっと！　アナタの農場に私の糸も納めてあげるから！　それでバティちゃんに服を作らせなさい!!』

「えぇ〜？」

『糸の性能は、衣服にまで昇華されてこそ真価を発揮するのよ！　それによってどちらの糸が優れているかハッキリさせようじゃないの!!』

金剛カイコたちの吐く金剛絹だけでも持て余し気味なんですけど。

とにかく俺たちは、これまた伝説級の繊維を手に入れるに至った。

＊　＊　＊

現在のところ、製糸して機織りして生地を作り上げる工程は、我が農場のゴブリンたちの担当になっている。

彼らが繊維を布に変えて初めてバティの手に渡るのだが、そんなゴブリンたちに新入手したアラクネの糸を渡して、好きなように工夫してみるように言ってみた。

「色々試してみた結果……」

ゴブ吉がサンプルを片手にやって来た。

「金剛絹を縦糸に、アラクネ糸を横糸にして混ぜ合わせると強度が上がり、さらに神聖性が格段に上がるようになりました。かなり高度の呪いまで、苦も無く弾《はじ》き飛ばすでしょう」

「…………！」

またウチの装備水準が上がった。

今の時点でも強すぎて困っているぐらいなのに……。

夜の支配者・陸遊記その四

Let's buy the land and cultivate in different world

吸血鬼。

夜の使徒。闇の支配者。恐怖を運ぶ者。

私たちへの呼び名は様々だ。

私たちのことを正確に知る者は少ない。

ある者は言う。ダンジョンから発生したモンスターの一種であると。

またある者は言う。魔族から枝分かれして進化した亜種族だと。

ノーライフキングと同じアンデッドだという者もいる。

しかし本当のところは誰も知らない。

それでいい。

『わからない』こそ、恐怖の源泉であるからだ。

私たち吸血鬼は、世界でもっとも恐怖される存在でなくてはならない。

何も見えない夜に、音もなく飛び回る。

獲物たちは、みずからの首筋に牙を突き立てられたことにすら気づくことがない。

すべてが終わったあと、我々が残した食いカスだけを見て生者たちは恐怖にかられるのだ。

誰が殺したのか？

どうやって殺したのか？

何故《なぜ》血が抜き取られているのか？

自分たちもいずれは標的になるのか？

すべては『わからない』。

『わからない』からこそ闇雲に恐れ、想像しうる限りで最高に恐ろしい姿を心の中で描き出す。

それこそが私たちを表す偶像。

最上級の恐怖、それを捧《ささ》げられるに相応《ふさわ》しい存在。

それが私たち吸血鬼なのだ。

＊　＊　＊

申し遅れたが私の名はモスキータ。

栄えある吸血鬼同盟『朧夜《おぼろよ》の六聖』の一人だ。

今夜は三十八年ぶりに、六聖すべてが揃《そろ》っての会合が開かれる。

ほらやってくる、月夜を渡る蝙蝠《こうもり》の群れが。

蝙蝠たちは我が城自慢のバラ庭園に入り、一塊に集まって人の姿に変身した。

「カー。我が兄弟、六聖の同志よ。よくぞ参られた」

「訪問せぬわけにはいくまい。招集の用件が用件だ」

庭園には他にも蝙蝠の群れが降り立ち、集まって人の形に変わる。

それが全部で六名。

誇り高き最高の吸血鬼六傑がここに揃い踏みというわけだ。

我ら吸血鬼。

その正体は様々な説が氾濫し謎に包まれているが、真実は元魔族。

上級精霊ブルコラクとの契約で不死を得た超越者だ。

ブルコラクは時おり気まぐれに、私たちのような優れた魔導師に力を与え、不死の怪物へと作り替える。

二度と太陽の下へ出られない制約と引き換えに。

しかしそんな制約は取るに足らない。

尽きることなき寿命。

吸血という高度な魔力吸収能力。供物が保有するマナを、僅かなロスもなく完全に奪い尽くせる。

それによって保有魔力は無限に増大する。

その在り方、力の大きさから我ら吸血鬼を指して『ノーライフキングに比肩しうる者』とまで呼ぶ輩《やから》もいるが、随分心外な言葉だ。

あんな永遠の生命と引き換えに乾涸《ひから》びて、骨だけの見てくれとなった干物などと一緒にしてほしくない。

私たちは、あるべき美しい姿を保持したまま永遠の生命と、絶大な魔力を手に入れたのだ。

我々の方が遥《はる》かに超越した種であることは言うまでもない。

そして此度《こたび》、ついに我々は栄光を得る。

その機会を得た。

「まずは同志たちよ。呼びかけに応え参列してくれたこと、主催として感謝する」

私と共に六聖に名を連ねる他五人に呼びかける。

「それで、本気なのかモスキータ卿《きょう》？」

「及び腰か？　夜の支配者たる我々には似つかわしくない慎重さだな」

天地を揺るがす大ニュースは、既に我々の住む夜の領域にまで轟《とどろ》き渡っていた。

魔王ゼダン。

人間国を攻め滅ぼし地上統一。

我々が取るに足らぬ魔族であった頃から誰も成し遂げることのできなかった偉業を、今代の魔王は成し遂げたという。

忌々しい『神聖障壁』も同時に消失。

今や世界のすべてが一人の王者の手に……、と言っても過言ではない。

そんな、パワーが一極に集中しているこの情勢にこそ……。

「世界を我らの手中に収める、いい機会だと思わないか？」

我ら六人で魔都を襲い、血を吸い尽くして制圧する。

我々には、血を吸った相手を支配して、生きたまま屍《しかばね》のごとく奴隷にする能力がある。

魔王以下、めぼしい者を下僕として我らの軍隊を作り出そうではないか。

そして我ら吸血鬼がこの世界の支配者として君臨する！

「噂《うわさ》では、ノーライフキングの皇帝が、挙兵の矢先にしくじったそうだ」

これは私が密《ひそ》かに入手した大スクープだけに、集う仲間たちは驚いた。

「皇帝が……!?」

「たしかに地上が統一されて真っ先に動き出しそうな輩であったが……！」

「しかし、ヤツが魔王軍とやり合ったのなら相当大きないくさになったはずだぞ……！」

「その報が広まらず、皇帝が落ちたという事実だけとはどういう経緯なのだ……!?」

ふッ、慌てておる。

こうして浮足立ったところを取りまとめ、私が主導権を握ってやる。

「どちらにしろヤツが消え去ったことは朗報だ。覇を争う競争相手が一人いなくなったのだから」

他のノーライフキングどもはいずれも俗世に興味なく、地上制覇に嘴《くちばし》を入れてくることもない。

エルフ、ドワーフ、獣人といった亜種族も独立勢力を気取っているが、魔王軍をそっくりそのまま眷族《けんぞく》化すれば一揉《も》みにて押し潰せる。

「この世界に、我ら吸血鬼を阻む障害など存在しないのだ！　得られる王座に手を伸ばさないことこそ、強者にとって罪深いことではないか!?」

そう、私は王者となる。

長年かけて選び抜いてきた六聖の同志たちは、基準として弱腰で優柔不断、私の指示なくば何もできない輩たちだ。

そんな連中だから私の命令に従い、地上制圧の手駒となってくれるだろう。

つまり魔都がこの手に落ちた時、世界は吸血鬼のものではなく、この私一人のものとなるのだ！

この私が夜の世界だけでなく、すべての世界の支配者となる！

吸血鬼たるこの私にこそ、その資格はあるのだからな!!

うわ――――っはっはっは!!

バラ色の未来が拓《ひら》け、得意絶頂となったその時だった。

「……ん？　なんだあの光？　うおっ眩《まぶ》し……!?」

その瞬間、私の意識は消えてなくなった。

＊　＊　＊

ズドーン。

はい。

アロワナ王子ご一行のお供、オークのハッカイです。

ソンゴクフォンがまたやらかしました。

「うわあああぁッ!!　ソンゴクちゃん!!　またなんで先走っちゃうのだあああぁッッ!?」

アロワナ王子も大慌て。

前方遥か先では、ソンゴクフォンの収束マナカノンを食らってもうもうと煙を立ち込めさせる、豪勢な城が。

「目標に命中をかくにーん！　あーしのー、マナカノンはー？　天神の加護がついて神聖性はちきれんばかりなんでぇー？　ヴァンパイアみてーな邪属性の塊は掠《かす》っただけで消滅しゃーっす!!」

「しゃーっすじゃない!!　仕留めたといっても一体だけだろう!?　残りのヤツらはどうするのだ!?」

アロワナ王子の仰《おつしや》る通り。

近隣の領主から『邪悪の者たちが会合を開く』という情報を受け取り、念のために調査しに来た我ら一行。

ソンゴクフォンちゃんの凄《すご》くいい耳で、ヤツらの魔都襲撃計画を盗聴したため、即座に情け無用のデストロイ。

「だからと言って行動が早すぎであろうが！　吸血鬼どもはまだ全滅してはおらん！　パッファ！様子はどうだ!?」

「ちょっと待ってー？」

パッファ様が、農場で作られた望遠鏡で城内の様子を窺《うかが》います。

「まだ全然残ってるね。でもカシラがやられたせいか、泡食って慌てふためいているよ。この分じゃビビって逃げ去るんじゃない？」

「それはいかんな。吸血鬼は魔国の人々を恐れさせる害悪。ここで一人残らず打ち滅ぼさねば！」

さすが王子。

私も同意見です。

「ソンゴクちゃんはマナカノンで弾幕を張り、ヤツらを釘付《くぎづ》けにして逃げられぬようにしろ！　その間に私とハッカイで進軍し、接近戦にて仕留める!!　パッファはここで状況を俯瞰《ふかん》してくれ！」

「計算だと夜明けがそろそろ近いから、長期戦に持ち込むだけでも勝てるよ。アイツら陽光浴びると灰になるからね」

私はアロワナ王子と一緒に勇んで突撃しました。

こうして魔国を脅かす吸血鬼の災厄は取り払われたのでした。

流浪の半神

俺です。

変なヤツが来た。

上級精霊アラクネが訪問してから間が経《た》っていないというのに連客ですよ。

しかも今回現れたのはオークボやポチたちに発見されることなく、気づいたその時には農場の中心、俺の屋敷の玄関先に。

最深部まで立ち入られた形だ。

大失態。

オークボたちやポチの警戒を掻《か》い潜《くぐ》ってやって来た、あからさまにただ者でないこの男は何者か？

パッと見、人族に見える青年は、年齢三十歳前後といった風。

片肌脱ぎの、古代ギリシャの哲学者みたいな服装をしていて、ゆったりとした布地が体つきを曖昧にしている。

その衣服の端がボロボロに擦り切れていて、全体的な印象は『流浪の修行僧』みたいな感じだった。

剝《む》き出しの片肌にはしっかり筋肉が付いているのがわかり、よく動きそうだが、我が農場の警戒網を潜り抜けられたのは身軽さのせいではあるまい。

この男の存在自身に、何かただならぬ異質さを感じる。

人ではある。

しかしそうではない、人を超えた何かが一部交じり込んでいる。

そんな感じだ。

「……私の名は、デュオニソス」

男が、自分から名乗りだした。

「父から貰《もら》った名はそうだが、その後みずから名乗った芸名、バッカスと呼ばれることばっかっす!!」

あまりに威風堂々と言うので、ネタであると気づくのに時間がかかった。

「ああ、どうも。……それで、そのバッカスさんが何用で?」

「呼ばれることばっかっす!!」

「それはもういい!!」

しつこいと余計滑った感が出てしまうぞ!?

だからバッカスさんとやらは一体何者ですか!?

訪問の目的は何ですか!?

説明してくれないとわからないことばっかっす!!

『半神バッカスとは、またまた珍しい者が出てきましたの』

「あ、先生？」

ノーライフキングの先生がまたしても俺の隣に現れた。

なんか不可解な事態が生じるたびに駆けつけてくれて、ありがとうございます！

『聖者殿、こやつはバッカスという人と神との間に生まれた者です。そういう者を一般的に半神と申します』

半神……？

『今となっては大変珍しい存在です。その昔、ワシがまだ命ある存在であった頃よりさらに昔。半神はたくさんおりました。神々が、自分たちの生み出した人類に懸想して地上に降り、分別なく交わったからです』

その当時、もっとも分別がなかったのは天の神ゼウスだったという。

あるべき帰結として人と神、双方の血を受け継いだ子どもが生まれ、その子どもは半神と呼ばれるようになった。

半神は当然のように強い力を持ち、英雄偉人となって活躍するようになる。

その力はあまりにも強すぎて、世界のバランスを崩すまでになった。

『そこで神々は一計を案じ、以後気軽に地上へと降りることを許さぬようにと協定を結んだそうです。そして半神たちも、それぞれの親が支配する神域へと迎えられ、神の位を得ました』

だからこの世界に、半神はまったく残っていないという。

ただ一人を除いて。

『ここにおる半神バッカスは天神ゼウスと人族の間に生まれながら、天の使者を無視して地上に留《とど》まりました。以後、地上に残る唯一の半神なのです』

「よく知っている。不死の王、自分が存在するより前のことを、どうやってそこまで調べた？」

『何を仰《おっしゃ》る。以前会った時に、アナタ自身が聞かせ教えてくれたことではありませんか』

対峙《たいじ》する先生とバッカス。

え？　何？

もしかして面識あるのこの二人？

『バッカスはもう二千年以上、この世界を放浪し続けております。何せ半分は神ですゆえ、老いて死ぬこともないようです』

「そうか、前に会ったか。この私の興味は一つのことにしかないゆえ、それ以外は覚えてないことばっかっす！」

それもういい。

っていうか二千年!?

そんなに放浪して何をしているっていうんだよ!?

『バッカスが地上に留まる理由は一つ。あやつが心から愛し、それ以外には目もくれぬ、たった一つの興味の的』

それは……。

「酒」

さけ?

「そう、私は心から酒を愛する。酒を作り、酒を飲み、そして酒を世界中に広げることをしてばっかっす!」

『こうしてあやつは二千年間、世界中を歩き続けているのです。世界に生まれた新しい酒を見つけ出し、みずからも酒を作り、また世界に酒を伝道するために』

永遠に放浪し続ける酒の布教者。

それが半神バッカス。

……ここまで来たら、コイツが何しにウチの農場に来たかわかってきた。

「ある時、我がバッカスセンスが反応したのだ。遠く離れた最果ての地に、今まで飲んだこともない酒があると。その酒を求めて歩いて歩いて歩き続けてばっかっす……!」

荒野を渡り、山を登り、谷を越え、森に迷って。

長い時間をかけてとうとう我が農場にたどり着いたんだそうだ。

「私はゴールした! さあ、ここにある美味《うま》い酒を飲ませてはくれないか!?」

「嫌です」

俺は即答した。

＊　＊　＊

「うあああああ……！　人の子が意地悪するのおおおおお……!!」

拒絶したらバッカス思い切り泣き出した。

その泣きっぷりがまた堂に入っていて、形振《なりふ》りかまわなさが半端ではない。

「…………」

いや、俺としてはさ。

今日会ったばかりの見ず知らずの人にお願いされただけで物をあげるのもどうだろうって気がしたんだけど。

まさかここまで激しいリアクションを見せるとは……！

「必要なのは代償か!?　ではこれを与えよう!!」

バッカスが何か差し出してきた。

なんすかこれ？

種？

「これは、ある樹木の種だ！　これを育てれば、赤くて小さな実がいくつも集まった房ができ、それを搾って果汁を出し、上手《うま》く腐らせることで酒ができるのだ」

ブドウかな？

ワインか？

「これと引き換えに、そちらにある酒を飲ませてほしい！　いい取引ではないか!?」

「…………」

バッカスの求めているものに心当たりはある。

一時期、人魚ガラ・ルファに指示してお酒作りの研究をさせたことがあった。

あの時出来上がったのは、大麦を原料にしたビール。

ガラ・ルファは見事に要望を果たして、シュワシュワ美味《おい》しい喉越し爽やかなビールを開発してくれた。

この世界では主にどういったお酒が流行《はや》っているのか知らないが、まあ異世界製だし、まあ美味しいんじゃないかな？　と思う。

少なくとも俺自身は、間違いなく美味しく飲んでいる。

「…………」

まあいいか。

「ウチで作ったお酒を飲みたい一心でここまで旅してきた人を無下《むげ》に追い返しては薄情だ。こちらへどうぞ」

「へ？　いいの？　わーい、この人の子優しいー！」

バッカスはスキップしながら俺のあとをついてくる。

ノリ軽いな、この半神。

＊　　＊　　＊

飲んでもらうなら徹底してよいものを……。

と思い、エルフ工房で作られたガラスジョッキを、パッファ特製冷蔵庫でキンキンに冷やし、同じくキンキンに冷やしたビールを注ぐ。

よく泡立つ。

酒の肴《さかな》には、これまたビールに付き物の枝豆を用意させていただきました。

すぐそこにある海から取れた天然塩で塩茹《しおゆ》でだよ。

「ハーッハッハッハ!!」

バッカスは、出されたビールジョッキを握ると、地面に垂直に近い角度で呷《あお》り、ゴクゴク凄《すさ》まじい勢いで喉の奥に流し込む。

その無茶な飲みっぷりにもかかわらず一滴も零《こぼ》すことなく、腹の中へ流し込んだ。

ジョッキの底がテーブルとぶつかる景気のいい音が鳴る。

ガツン。

「ワンモア（おかわり）！」

あまりの痛快な飲みっぷりに、俺も思わず拍手を送った。

「思った通り！　いや思った以上の美味しさだった！　地の果てまで旅した甲斐《かい》があった！　この酒を、半神バッカスの名の下に神の酒と認定したい!!」

それもうハデスさんがしました。

「しかし人の子よ、こちらの添え物に出された野菜はいかがなものか？　歯ごたえが悪く噛《か》み切れないし、妙に苦いし……！」

しかしバッカス。

つまみの枝豆には不満そう。

まあ、ケチをつけたい気持ちはわかる。

バッカス、枝豆を莢《さや》ごと食っちゃってるんだから。

異世界の料理なのに説明が不足していましたね。

枝豆はですね、莢は食べないんです。

莢の中にある豆だけを食べるものなんです。

豆を莢から出して……。

横の裂け目から押し出すように……。

……そう。

そうです!!

「うまあああ――――――ッ!!」

どうやら枝豆も気に入ってくださったようだ。

「煮て柔らかくなった豆の歯ごたえに、ピリッと効いた塩味!!　その味、口触りが酒の苦みを引き立てる!!　まさに理想の組み合わせ!!」

枝豆食ってビール飲んで。

枝豆食ってビール飲んで。

空になった莢がバンバン積み上がっていく。

「よくぞ、よくぞここまで美味しいお酒を拵《こしら》えてくれました。アナタと出会えたこと、私は本当に嬉《うれ》しい。今日という日を記念いたします」

「はあ、それはいいんですが……！」

アナタ、さっきまでと印象違いません？

微妙な変化で気づきにくいが、やたら敬語を使いこなしているというか……？

そんな俺の疑問に先生が答えてくれた。

『バッカスは、酒を飲めば飲むほど頭の働きがハッキリし、明哲になるのです』

アル中じゃねーか。

酒神のほどこし

お酒大好き半神バッカス。

ウチの農場で生産したビールの美味《おい》しさにご満悦。

「堪能いたしました」

バッカスのキャラが微妙に変わっていて調子狂う。

「このお酒、穀物を原料にしたものですね？　人間国や魔国にも同じような製法のお酒はありますが、原料となった穀物自体がまったく別物のようです。それゆえのコク、喉越し」

そこまで絶賛されると嬉《うれ》しいが……。

手柄の大半はガラ・ルファのものだけどな。

「これほどよい酒を作り出した方は、よほどの天才とお見受けします。寝ても覚めても酒のことばかりを考えていたのでしょう」

「いや……、それほどでも……！」

実のところビール開発までこぎつけた功労者ガラ・ルファは、そこまでお酒好きってわけでもない。

彼女が本当に心の底から愛しているのは、酒造りに重要な働きをする細菌だ。

だからというべきか今現在、彼女は酒造にまったくタッチしていないし。

他の仕事が忙しいからだ。

元々人魚の国で医者をしていたガラ・ルファは、その時の経験で我が農場の医務室勤務となり、日々農場の住人たちの健康管理に心を砕いている。

そちらの方が激務となり、他の作業にまで手が回らない。

自然彼女は酒蔵から遠ざかって、我が農場の酒開発もビール一品を完成させた時点で停止、以後まったく進んでいない。

ビールが出来てから大分経《た》つというのに、新酒開発の報《しら》せが少しも出ないのは、そういう事情からだった。

それでも食卓にお酒が出ないのは寂しいということで、既に決まった製法のあるビールだけをオークやゴブリンたちの手で生産しているのが、現在のウチの酒蔵の状況。

まあ、いつまでもビールだけというのも味気ないので俺自身で新種開発に乗り出そうとした時期があったけど、ちょうどその時期が納豆作りと重なって頓挫。

納豆に触れたら酒蔵に入っちゃいけないんだって。

ここ最近人魚チームに補充があったから、そのメンバーを酒蔵に回す？って案も出たけど……。

『新しい子は皆、未成年です』と一蹴された。

……そうだよね、未成年に酒造り任せるわけにはいかんよね。

という感じのウチの現状を、酒の席でつい口が軽くなってベラベラ喋《しゃべ》っちゃうとバッカスの顔色が変わった。

「それはいか――――んッ!!」

「うおッ!?　ビックリした!?」

いきなり大声出さないでくださいよ。

これだから酔っ払いの行動は予測できない!?

「こんな素晴らしい酒を作り出す工房が、人手不足で稼働していないなんて!　そんなことでは不安ばっかっす!!」

喋り方元に戻っている。

ショックで酔いが覚めたか。

「聖者殿!　この問題、私に一任させてもらえないだろうか!?」

「え!?　問題!?」

問題になっている意識なかったんですけど!?

「こうしてはいられない!　そこのドラゴンさん!!」

「え?　おれか?」

一緒に酒盛りしている人員の中からヴィールを狙い撃ち。

人化しているのにドラゴンだと見抜いたのはさすが半神というべきか。

「頼みがある!　汝《なんじ》の翼で私を人間国まで送り届けてくれないか!　自分の足で戻ったら、来る時と同じで時間がかかってばっかかっす!!」

「なんでおれがそんなことをしなきゃいけないんだ?」

ヴィール渾身《こんしん》の正論。

彼女に見返りなしで動いてもらおうというのには無理があるな。

「頼みを聞いてくれたら、後々美味しいお酒がたくさん飲めるようになるぞ!!」

「酒も美味しいけど、おれは甘いお菓子の方が……」

このドラゴン、スィーツ脳。

まあ女の子だし仕方ないよね。

「お酒の中にも甘いものはある」

「マジか!? ご主人様! ちょっとコイツ人族の国に置いてくる!』

言い終わらないうちにヴィールはドラゴンに変身してバッカスを抓《つま》んで飛び立っていった。

「一体何なんだ……?」

『ただいま』

「はやッ!?」

行ったと思ったらもう帰ってきたヴィール。

ちゃんとバッカスを人間国に送り届けてきたのか?

『あの半神に引き続き頼まれてな。三日したらまた迎えに来てくれって言われた』

「三日使って何をやらかす気なんだ?」

何だか不安な気がしたけれど、止めようと思って止められる相手でもなさそうだし、経過を見守るしかないか。

そして約束の三日後……。

＊　＊　＊

「バッカス教団！　ここに見参!!」

「人が増えた!?」

ドラゴン化したヴィールが農場に運んできたのはバッカス一人だけでなく、他に何人もいた。

バッカス当人を除けば全員が女性で、しかもうら若い。

「彼女たちは、私の布教活動に賛同して信者になってくれた巫女《みこ》たち！　入信資格はうら若い乙女！」

「邪教かな!?」

「彼女たちは私の手伝いをさせるために連れてきた！　聖者殿！　アナタの農場の酒蔵、私と彼女たちに任せてくれないかね!?」

「えー？」

意外な提案に、俺当惑。

「酒の神である私が全力をもって、キミの農場の酒造りを受け持とう！　この農場には無限の可能性を感じる！　もっとたくさんの、素晴らしいお酒が生まれる気がする！」

半神バッカス。

地上に酒を広めるために天界行きすら蹴った真の酒好きだからこそ、その情熱を阻める者は誰もいない。

「…………オークボ、ゴブ吉。どう思う？」

今酒蔵で作業しているのは、彼らモンスターチームなので。

彼らの意見も聞いておこう。

「正直、畑仕事を中心に、ダンジョン探索とか、機織りとか、油搾りとか、製塩とか砂糖の精製とか、紙漉《かみす》きとか、漁とか……！」

「いろんな仕事が目白押しですんで、その中の一つを誰かが受け持ってくれるなら超助かると言いますか……！」

ゴメンね、キミらに負担かけ通しで。

「では話は決まった！　お酒大好き半神バッカス！　ここよりまた新たなお酒のイノベーションを発信する!!」

なんか押しかけ気味に、我が農場の新たな住人が決まった。

ついにウチに神が住まうようになった。

まあ神なのは半分だけなんだけど。

＊　＊　＊

そしてウチに半神が住まうようになって数日で成果が出た。

「酒はまだ出来ないが、原料としていただいた麦で変わった飲み物が出来た」

「へー」

「試飲してくれ」

バッカスが差し出したのは、ジョッキになみなみ注がれた濃厚な琥珀色《こはくいろ》の液体。

色的に見たらウイスキーかと思う。

大麦を材料にしたというなら、なおさらウイスキーかな？　と想像してしまうが……。

でも、こんな短期間にウイスキーが作れるわけないし。

飲んでみればわかるか。

「ワーッハッハッハ！」

俺は思い切ってジョッキを満たす茶色の液体を口内に流し込んだ。

ドンッ！　とジョッキの底でテーブルを叩《たた》く。

「麦茶だこれ！」

我が農場に新しい飲み物のレパートリーが加わった。

マイナス

わたくし、スレープと申します。

バッカス様の巫女《みこ》を務めさせていただいております。

バッカスの巫女とは何ぞや？　と疑問を持たれるかもしれませんので、まずはそこからご説明させていただきましょう。

バッカスの巫女とは、偉大なる半神、酒を司《つかさど》るバッカス様にお仕えする巫女のことです。

え？

説明になってない？

ではもう少し詳しく語っていきましょう。

バッカス様は、神と人族のハーフとして何千年も在り続ける御方《おかた》です。その御方が長い長い時間を何に費やしているのかというと、何よりお酒。

美味《おい》しいお酒を探し求めたり、美味しいお酒をみずから開発したりすることです。

ですがあの偉大な御方は、自分お一人が満足するだけでは飽き足らず、もっと多くの人々にお酒の素晴らしさを広めんとしています。種族も問わず。

だから多くのお酒を作り、旅する先々で配り歩き、お酒の布教活動を行ったりもしています。

しかしそうした大掛かりな活動は、一人の手ではとても回り切りません。

そこで酒教祖バッカス様をお手伝いする信者。

わたくしたちの出番となるのです。

バッカスの巫女。

それはバッカス様に従い酒を作り、各所に散らばって売り歩く布教の尖兵《せんぺい》。

この地上には、数千人単位のバッカスの巫女が散在していると言います。

あまり広範囲に分布しすぎて身内ですら正確な数は把握できていません。

このわたくしスレープもバッカスの巫女の一人ですが、生まれは旧人間国、中央から遠く離れた寒村でした。

兄弟が多く、不作続きで食うに困った両親は、口減らしとしてわたくしをバッカス教団へ入信させました。

バッカスの巫女には、そうした生い立ちの者が多いのです。

法術魔法の副作用で土地が枯れ、そのくせ税の取り立ては厳しくなるばかり。

生活苦から養いきれなくなった幼子は、それこそ掃いて捨てるほどいたのです。

そんな貧困家族にとって、バッカス教団は打ってつけの口減らし先というわけでした。

教団に女ばかりが集まり、バッカスの巫女などと呼び習わされるほどなのも、労働力として引き取り手が多い男性よりも、女性の方が入信率が高いからでしょう。

作ったお酒を配り歩く際に代金を請求するのも、わたくしたちの生計を立てるために許されていますし。

わたくしたちが親や村から捨てられながらもなんとか今日まで生きてこられたのは、バッカス様のお陰なのです。

＊　＊　＊

そんなバッカス様から、ある時お触れが届きました。
世界中のバッカスの巫女全員に向けられた通達のようです。

――私と共に楽園へ行く者たち募集！
――そこに行けば、どんな願いも叶《かな》うという！
――美味しいごはん、整った寝床！
――最高の環境で私と酒造りしたいという巫女よ集え！
――募集者ばっかっす！　ということを期待するばっかっす！

これらの呼びかけに対してまずもった感想が……。
――『胡散《うさん》くさい』
……でした。
あまりにも胡散くさい。

しかし我らが崇拝するバッカス様直々の呼びかけです。

さすがに疑うわけにはいきませんし、一方で人族魔族間の戦争終結から、わたくしたちの酒売り稼業にもどんな影響が出るかもわからぬ不安のある身。

ここは思い切って、バッカス様の募集に乗ってみることにいたしました。

＊　＊　＊

指定の場所へ向かってみると、同じように呼びかけに応えた巫女たちが十四、五人ほど集まっていました。

「希望者ばっかっす！」

バッカス様は、応募人数に満足なさっているようでした。

そしてここから、わたくしたちの連続ビックリは始まりました。

何と言ってもいの一番からビックリしました。

何しろわたくしたちを迎えに来たのがドラゴンだったからです。

「「「「うぎゃはああ――――――ッッ!?」」」」

わたくしを含めたすべての巫女が絶叫しました。

泡を噴いて卒倒する者すらいました。

ドラゴンといえば、この世でもっとも恐ろしい存在の一つ。

たかが人族ごときが視界に入れば必ず死ぬとも言われています。

そのドラゴンが！

わたくしたちを摑《つか》んで！

空を飛んで!?

空中にいる間、ずっと生きた心地がしませんでした。

確実に寿命が縮んだと思います。

このまま天国へ昇っていくのかと思いきや、再び地上に降りたちました。

ここが目的地？

見渡す限り畑が広がる閑静な場所。

しかも畑に実っている作物が、人間国とは比べ物にならないほど青々と生命力に漲《みなぎ》っています。

食べたらさぞかし美味しいんだろうなあと。

そこにも驚きましたが、そんなことは些事《さじ》、とばかりにもっと驚くべきことがありました。

畑の世話をモンスターがしています。

オークにゴブリン。

魔王軍が兵士として使うという人型モンスターじゃないですか!?

魔族の命令で人族の村落を襲い、略奪の限りを尽くして男は皆殺し、女は全員乱暴するともっぱら噂《うわさ》の狂暴生物!?

「……あ、新しくこちらで暮らす人ですね？　よろしくお願いします」

はい!?

「よ、よろしくお願いします？」

「いやぁ、皆さんが酒造りを担当してくださるそうで、助かりましたよ！　ただでさえやることが多いんで！　これからは同じ農場の仲間です！」

「は、はあ……？」

「助け合って農場を支えていきましょう！」

モンスターが物凄《ものすご》く友好的で好印象でした。

言葉遣いも礼儀正しくて。これじゃあ旧人間国に住む人族の方がよっぽど野蛮じゃないですか。

人族のおっさんなんか酔うとすぐその辺で立ちオシッコして最悪なのに。

こちらのモンスターさんたちは、そんなこと絶対にしそうにありません！　紳士です！

＊　＊　＊

……まあ、そんな感じでわたくしたちの農場生活は始まりました。

わたくしたちのここでの仕事は、その前とほとんど変わりません。

ただひたすら酒を造るのみ。

しかし、労働環境はまったく違います。

天と地ほど違います。

この農場はまさに天国です。

旧人間国では一般的な、ただ木を並べて建てたようなあばら家とはまったく違う家。

王侯貴族の別荘かと思われるような綺麗《きれい》な建物が、わたくしたち専用の宿舎として提供されました。

それらはあのオークさんたちが、あっという間に建ててしまったものです。

「一緒に生活するならこれぐらい当たり前ですから」

言うことがいちいち男前なオークさんです。

床がタタミ？　とかいう材質で触り心地よく、そのままごろ寝できます。土剝《む》き出しの人間国の掘っ立て小屋とは大違いです。

造りがしっかりしていて隙間風も入ってきませんし。

驚くべきはそこだけじゃありません。

毎日のごはん、美味しい。

トンカツとか、チンジャオロースとか、オムライスとか、お好み焼きとか。

食べたことのないものばっかりです！

しかもそれがいずれも美味しい！

一日の仕事が終わったあとに入る温泉というのもサイコーですし、上がったあとに飲むものがサテュロスのミルク!?

すべてのミルクの頂点に立つ最高級品じゃないですか!?

しかもそれをキンキンに冷やして!?

そして時おり通りかかるワンちゃんを好きなだけモフモフできる。

……贅沢《ぜいたく》すぎる。

王様だって、こんなぜいたくな暮らししていませんよ。

バッカス様の言ったことは本当でした。

ここは楽園です。

わたくしは決めました。

死ぬまでここにいます。

この命尽き果てるまで、この農場の人たちのためにお酒造りします！

きっとそれが、わたくしの生まれてきた意味なのです！

＊　＊　＊

まあ、なので酒造りに勤《いそ》しむのですが……。

早速問題が起きました。

ここでは酒の祖神バッカス様と農場のマスター聖者様とが共同して新種のお酒造りに挑戦しているのですが、あまりに挑戦する種類が多くて、最初にあった酒造り用の倉庫じゃ足りなくなってきました。

どうしようかと困っていた時、あのオークさんたちが現れて相談に乗ってくれました。

「そんなことなら私たちに任せてください」

オークさんはあっという間に倉庫を二棟、増築してくださいました。

なんて頼りになる御方たち……！

「頑張る皆さんの手助けができるなら嬉《うれ》しいです」

やだこの男前なオークさん……！

惚《ほ》れそう……!?

理想郷の噂

オレの名はシャベ。

人間国に住む、しがない冒険者さ。

我が国が魔族に滅ぼされてからこっち。

お国がなくなってオレたちもどうなるかと一時期ビビりまくってたこともあるが、今では安心して稼業に精を出せている。

オレたちを征服した魔族さんたちは、一番上の王族教団をぶっ潰しただけで、あとは今まで通りでいい、というお達しを与えてくれた。

本当に安心した。

そんなわけでオレたち今日も、ダンジョンに潜って荒稼ぎだーい。

＊　＊　＊

オレみたいな冒険者が、まず訪れるのが冒険者ギルド。

ここで貰《もら》った依頼を元に、ダンジョン内部での標的を決める。

「なーなー、おっちゃん。なんかいいクエストない？」

「こういうのはどうだ？　『ベルゼブフォ討伐』。ノルマ三体で、達成期間は今日中だ」

「またソイツかよ!?　ベルゼブフォばっかり狩るのもう飽きたぜ!?」

「そうは言ってもアイツら、弱いし入り口近くにうろついてるし狩りやすいだろ？　手軽さに優《まさ》る優良物件はないぜ」

不満たらたらながらもクエストを申し込んだ。

ベルゼブフォは、その肌から分泌される油が軟膏《なんこう》に加工され、それが切り傷によく効くとかで、常に需要がある。

「なあおっちゃん。もっと派手なクエストないのかよ？　達成するだけでオレの評価が轟《とどろ》き渡るようなさ！……ダンジョン主の討伐とか？」

「おめえみてえな駆け出しがダンジョン主に出くわしたら瞬殺されるわ。逃げることすらできねえぞ」

「えー？」

「横着してねえで、実績を一つ一つ積んでいきな。あと二、三クエストをこなしたらランクアップして、一つ星ダンジョンに入れるようになるだろうからよ」

「ホントに!?　よっしゃー!!」

こんな風にダンジョンに潜ってモンスターを倒し、人々に役立つ素材をゲットしてくるのが冒険者の仕事だ。

ダンジョンは各地の冒険者ギルドによって厳重に管理されている。

モンスターが漏れて外に飛び出すことがないよう、またギルドから認められた冒険者以外が勝手に入り込むことがないよう徹底して見張られている。

最近になって知ったことなんだが魔国――、魔族たちのいる国なんだが、あちらには冒険者ギルドがないらしい。

でもダンジョンはしっかりあるんだろう？

じゃあ向こうではどうやってダンジョン管理しているんだ？

と疑問が浮かぶんだが、その辺りはあっちの王様――、つまり魔王が直接やっているらしい。

まあ、人間国は魔国に滅ぼされちゃったし、今や魔王はオレたちの王様でもあるんだけど……。

＊　＊　＊

「魔王軍は、オークやゴブリンといった擬人モンスターを戦力として使うからな。国が直接管理した方が何かと都合がいいんだよ」

ダンジョンに潜って依頼のあったモンスターを狩り、クエスト達成して、一日の終わりに酒場で飲む。

それが冒険者のスタンダードなスタイルだ。

受付のおっちゃんも業務を終えて、オレの向かいで飲み食いしている。

冒険者業界の事情を知るに、このおっちゃんほど頼りになる知恵袋はいない。

「その魔王軍も、宿敵人族軍を滅ぼしたことで軍縮が進みつつある。ダンジョンの管理も民営に委託して、より自由に開放しようって話も出てきてんだよ」

「そしたら……!?」

「魔国にも冒険者ギルドができるかもな。そしたらお前さんもいつの日か、魔国に行って魔国のダンジョンに潜れるかもな？　あっちのダンジョンはまだまだ未開拓だ、想像以上のお宝が眠っている可能性もある」

おおー！

なんか興奮する話だぜ！

人間国が滅ぼされて一時はお先真っ暗に感じていたんだが、むしろ夢が広がってるじゃねえか!!

魔王様万々歳だぜ！

「それに伴ってもう一つ、夢のある話があるんだが聞くか？」

「聞く聞く！　姉ちゃんお酒追加ー！」

一杯奢《おご》りにつき情報一つがオレとおっちゃんの間でのルールだ。

おっちゃん、この手で他の冒険者にもタカって毎日ただ酒にありついているらしい。

「ここ最近、まことしやかに噂《うわさ》になっている話さ。この世のどこかにあるという、しかしどこにあるかは誰も知らない……！」

「？」

「聖者の農場」

なんだそれ？

オレはどっちかっていうと農場よりダンジョンの話が聞きたいんだがな？

「最後まで聞けよ。そういう秘密の場所がどこかにあるって話だよ」

「単なる空想話じゃねえの？」

「そうとも限らない実証がいくつかあるんだ。お前あれ知ってる？　バッカスの巫女《みこ》」

「酒売り歩いてる美人の姉ちゃんたちだろ？」

「そう。アイツらは半神バッカスを信仰する民間宗教だ。つい先日、アイツらの連絡網に、こんな急報が駆け巡ったらしい」

聖者の農場に行く人、募集。

と。

「バッカス教団の長バッカスは、遥《はる》か昔に生まれた人と神とのハーフ。今のご時世で直《じか》にご尊顔を拝することのできる唯一の神だ。その神のお達しとなれば……」

「信憑性《しんぴょうせい》はある？」

「実際に、その募集に応えたバッカスの巫女たちは姿を消し、以後まったく行方知れず……。聞くところでは教祖バッカスと共にドラゴンで連れ去られたって目撃情報もあるらしい……！」

「えー？」

それはさすがに話が大袈裟《おおげさ》すぎて……。

眉唾かなって印象特盛なんだけど……！

「ドラゴンが出てくるのはさすがにウソ臭い!!」

「そのドラゴンで思い出した話があるんだがよ。こっちは目撃者がたくさんいて確実に本当の話だ」

おっちゃんはもったいぶりつつ話す。

「まだ人間国が滅びる前の話、人族軍と魔王軍が最前線でぶつかっていたところに、ドラゴンが乱入してきたって事件があったんだけど、知ってる?」

「知らない」

「オレら冒険者とは別の世界の話だけど、大事件だから知っとけよ。世事に耳聡《みみざと》いのも一流冒険者の条件だぞ」

「で、ドラゴンが乱入してきてどうしたの?」

おっちゃんの話によると、そのドラゴンは戦い合う人族魔族両方に向けて言い放ったらしい。

——『自分は聖者の下僕だ』

——『聖者に仇《あだ》なす者は容赦なく焼き尽くす』

と。

「そのドラゴンと、バッカス教団を連れ去ったっていうドラゴンが同じヤツなら、聖者の農場の実在に信憑性が湧かないか?」

「こじつけ臭い気もするが……。でもドラゴンがそう言ったっていうなら少なくとも聖者ってヤツはいるのかもな？」

「実際、前線でのドラゴン騒動を報告された王様は、聖者を探索するよう人員を放ったんだそうだ。聖者を家来にしてドラゴンをけしかければ、それだけで魔族は全滅だって」

しかし、聖者が発見されるよりも早く魔族側が大侵攻を行い、人間国は滅亡してしまった。

「噂によると探索隊の中には今なお王からの命令を遂行し、聖者を探し続けている者もいるんだそうだ」

「え？　なんで？」

人間国は滅んだんだから、任務達成しても誰からもご褒美貰えないじゃん？

「それでもやるのが忠義ってヤツなんだろうよ。他にも聖者の農場に行きたがっているヤツはたくさんいる」

「なんで？」

「だって聖者の農場だぜ？　ドラゴンを従える人が支配する土地だぜ？　そこに行けば何でもある、どんな願いでも叶《かな》うという！」

「誰が言ってんのそれ？」

「とりあえず、バッカス教団に広まった募集の詳しい謳《うた》い文句だがよ……」

——何でもあります聖者の農場！

——美味《おい》しい食べ物、綺麗《きれい》な衣服！

——そして何より飲んだこともない珍しいお酒！

——今までにないハイグレードな暮らしがしたい巫女よ、バッカスと共にＲＡＫＵＥＮへ！


「……ときたもんだ」

「ハイグレードな暮らし……！」

なんて耳に心地よい響き。

こんなの聞いたらオレでも興味を引かれてしまう。若干詐欺臭いけど。

「それにな、噂話に何度も出てくるドラゴン。オレはこれを聞いて思うんだよ」

「何を？」

「聖者の農場にはあるんじゃないかな？　ドラゴンが主をやってるダンジョンが」

「ええッ!?」

主ありダンジョンは、それだけで最上等級の五つ星に格付けされるんだろ!?

危険度も、推測されるお宝の量も段違い！

「主ありダンジョンの危険度は、完全にダンジョン主の性格次第だ。中にはあの、グラウグリンツドラゴンのアレキサンダー様みたいに率先して冒険者を受け入れてくれるドラゴンもいる」

知ってる知ってる。

アレキサンダー様が主やってる山ダンジョン『聖なる白乙女の山』は人間国最大最強最高難易度。

得られる利潤も最優良という、冒険者ギルドの格付け基準を打ち破って六つ星をつけられた究極ダンジョン！

「それと同じレベルのダンジョンが、聖者の農場にあるかもって……!?」

「可能性は高い。ドラゴンはダンジョンにしか住まないからな。そのドラゴンが聖者の下僕なら、つまりは聖者が支配するダンジョンってことだ」

人が支配するダンジョン……。

管理されて整ってるんだろうなあ……。

「だからギルドも、限られた腕利き冒険者どもに密《ひそ》かに緊急クエストを出したらしい」

「聖者の農場を見つけろ、って？」

そこに眠っているかもしれない多大な利益に与るために。

「……おっちゃん、オレ決めたよ」

「えっ？　何を？」

「聖者の農場はオレが見つける!!　オレが理想郷を発見した第一人者として歴史に名を刻むのだー!!」

そうしたら、こんなところでグズグズしていられない！

さっそく旅に出るぞ、聖者の農場を見つけるまでは帰ってこねえ!!

「えええッ!?　ちょっとその前に支払いは!?　ここの飲み代、奢ってもらうつもりで来たのに！　ちょっと！　ちょっと待っててぇぇ――――ッ!?」

何かおっちゃんの大声が背中に届くが、きっとオレへの激励の言葉だろう！
待っててくれおっちゃん！
オレ必ず聖者の農場を見つけて帰るから!!

新四天王の選抜

アスタレスさんがゴティアくんを産んでめでたいこと限りなしだが、息つく間もなく新たに出産を迎えんとする人がもう一人いる。

第二魔王妃であるグラシャラさんだ。

第一魔王妃アスタレスさんに遅れること三ヶ月で妊娠発覚したグラシャラさん。

出産もそれぐらいのズレとなるだろう。

だから既にお産を終えたアスタレスさんに対して、グラシャラさんのお腹《なか》は今まさにはち切れんばかり。

第二子誕生は目の前で、魔国はますます安泰のことだろう。

安泰のことだろうとは思ったが、そんなアスタレスさんとグラシャラさんから揃《そろ》って相談を受けた。

*　*　*

「魔国はもうダメかもしれません……！」

「なんでッ!?」

首尾よく跡取りも生まれて順風満帆じゃなかったのか!?

何が起こった!?

平和な世界に差し込む不穏の影!?

「新しい敵でも出てきたの!? 新展開か!?」

「いえ、そういうことではなく……! 何と言いますか……! 有能だと思っていた部下が、思った以上に無能だったというか……!」

「……?」

断片的な情報から、俺は視線を横にズラした。

そこにはアスタレスさんの元部下バティとベレナがいた。

「私たちじゃないですよ!」

「もっとアスタレス様のお話を聞いてあげてください! そして解決してあげてください!!」

と言いおる。

まあ、既に魔王さんご一家とは深い付き合いだし、俺にできることであれば助けてあげたいところだが。

「事の発端は、新しく選出された四天王です」

「四天王?」

魔王さん直属の部下で、魔王軍の将軍クラスだとおぼろげながら聞いている。

今目の前にいるアスタレスさんやグラシャラさんも元々は魔王四天王のメンバーだったはずだ。

四天王というからには他にあと二人いるんだろうけど、会ったことないから知らん。

「元は四天王であった私やグラシャラも、魔王妃となってそろそろ一年。いい加減正式に四天王の座から退き、後任を決めようという話になったのです」

「ほほう」

それもまたもっとも。

王妃が将軍を兼任というのも何やら妙な話だからなあ。

「慣例として、四天王の後任はその副官から選出されます」

「じゃあ、すると……」

再び俺の視線が、バティベレナへと移った。

凄《すご》い勢いで否定された。

「私たちじゃないです！　私たちじゃないですよ!!」

「副官でも四天王後任に抜擢《ばってき》されるのは血筋の正しい貴族階級だけですよ！　平民出の私にはまったく関係ないです!!」

バティからさらに重ねて念押しされた。

「私には、バティとベレナの他にも副官がおりまして……」

「え？　そうなの？」

初めて聞いた。

「エーシュマ様は、アスタレス様の留守中、アスタレス様の直属軍を指揮するのが役目の御方《おかた》ですので……！」

「そんな役目だからこそ、私やベレナなんかより何倍も信頼されてます。アスタレス様が都落ちした際も、残された軍をまとめるために涙を呑《の》んで軍に留《とど》まった御方です！」

エーシュマさん。

それがアスタレスさんの後釜に抜擢された人の名か？

今まで気にしてなかったけどたしかにいるよねそういう役割。

つまりその人がアスタレスさんに代わって新しい四天王になると？

「私もかねてからそのつもりでした。エーシュマは私に近い家系の生まれで、血統的にも充分資格があります」

魔王さんからもすんなり承認が出て、そのエーシュマさんとやらは新たなる四天王に就任した。

さて、ここまでは何の問題もないように見える。

実際になかった。

問題はここからということだろう。

「四天王になったエーシュマが、『聖者の農場を攻め滅ぼそう』とか言い出して……！」

「ええええ……!?」

「本当に申し訳ありません!!」

アスタレスさん、ダイビング土下座。

その間赤ん坊のゴティアくんはバティが預かっていた。

「最近、所々で聖者様の農場が噂《うわさ》に上るようになっており、『そこには世界のすべてに匹敵する富がある』などと噂に尾ひれまでついて……！」

「あながち間違いでないところが恐ろしいところですが……！」

そんなことないでしょう？

『世界のすべて』はさすがに誇張でしょう？

「異世界製の死ぬほどおいしい野菜。マナメタル製の金物一式。金剛絹の衣服。先生とヴィール様のダンジョンから獲《と》れた最高級のモンスター素材。人魚族の魔法薬、サテュロスのミルク、エルフの工芸品、半神バッカスが直々に醸造したお酒……！」

「すみませんわかりました。もういいから……！」

「そうした宝物の具体的なところまでは知られてないでしょうが、農場に攻め込んで征服すれば、宝物は全部魔族のもの……ってスンポーです」

「………………」

エーシュマさんは、それを求めていると？

「まだ噂に踊らされている段階でしかないですけどね」

この世界のどこかに、凄《すさ》まじいほどの宝が眠る理想郷っぽい場所がある。

そこを探し出し。

征服し。

宝をすべて魔族のものとするのだ！

的な。

「エーシュマのヤツは、農場の所在地さえ見つければすぐさま制圧できるつもりでいる。意気揚々と献策しに来た時は全力で叱りつけてやったのだが……！」

新人四天王。

魔王妃のお怒りすらものともせずか。

「始末が悪いことに、その計画を推進している四天王がヤツ一人ではなくて……！」

アスタレスさんのジットリした視線が、あっちを向いた。

そこには、農場で穫れた野菜を生のままガツガツ食っているグラシャラさんが。

見た目通りの豪快な食べっぷり。

「……いやアタシお腹の中の赤ちゃんの分まで食べないと」

「食いまくっていることを責めてるんじゃない！　お前推薦の新四天王までアホな計画に同調していることを謝れと言っているんだ!!」

「ごめんなさいー」

グラシャラさんも魔王妃になったからには四天王を引退して、後継者を選出しなきゃいけないのは自明の理。

そのグラシャラさん後任の四天王まで農場攻めに賛同していると？

「新四天王二人の強力な推進で、聖者様の農場を探索し、侵攻する作戦は今にも承認が出そうなのです！　魔王様が政務に専念するようになり、魔王軍の直接指揮から下りられたことも痛く

「……！」

「ゼダン様から魔王軍の統帥権を委任されたベルフェガミリアの怠け癖で状況が遅滞している感じだな。アイツの怠け癖で新人どもを抑えられないって見方もあるけど」

状況はわかりました。

で。

俺にどうしろと？

「私やゼダン様で直接叱責し黙らせてもよいのですが、ヤツらはこれからの魔王軍を担っていく柱石。度々このような世迷言《よまいごと》を語られては困りますし、また聖者様に迷惑がかかるかもしれません」

「だからここは徹底的に打ちのめして、聖者さんにチョッカイ出す恐ろしさを教えてやりたいと」

とまあ、そんな感じで新四天王の皆さんを農場にご招待することになった。

＊　＊　＊

結果として想像以上に可哀相《かわいそう》なことになった。

向こうは、こっちを征服する気満々で来ているんだけど、こっちが用意したのはオークボ……、ではいきなりすぎて非情なので、その部下のウォリアーオークに任せた。

三秒持たなかった。

新任でやる気に燃える四天王たちはなすすべなく吹き飛ばされて、一つもいいところなく負けた。

それでもまだ負けたわけではないと仰《おっしゃ》られるので、今度はゴブ吉の部下のスパルタンゴブリンに勝負してもらった。

今度は二秒で決した。

ゴブリンの猛スピード攻撃にまったく反応できずに終わり。

今度こそ心を折られて完全敗退となった。

「聖者様、今回ご迷惑をおかけしたお詫《わ》びに、この者たちを置いていきますので、しばらくの間好きなようにお使いください」

とアスタレスさんが言ってきた。

「農場も人手不足と聞きますので、助けとなれば幸いです。こやつらも労働を通じて四天王の自覚を養うことでしょう」

まあたしかに猫の手も借りたい状態ではありますが。

俺は有り難く受け入れることにした。

『妄』の後継者

我は魔王四天王が一人『妄《もう》』のエーシュマ。

…………。

まさか私がこう名乗ることになろうとは。

四天王の肩書き、『妄』の称号は永遠にあの方一人のものと思っていた。

我が主にして、姉とも言うべき存在アスタレス様。

私はあの方の副官として傍らにあり、常にあの方を支えてきた。

そんな私を、アスタレス様も頼りにしてくれていたと思う。

アスタレス様が直轄する精鋭部隊。アスタレス様がやむなく離れる時、代わって指揮を執るのは、この私だった。

これはアスタレス様の副官で私だけに許された職務。

それほどまでに信頼されているのだと嬉《うれ》しい半面、アスタレス様に付いて出撃するバティ、ベレナらの小娘を羨む感情もあった。

そしてあの時ほど、アスタレス様の傍《そば》にいられなかったことを悔しく感じたことはない。

アスタレス様が他四天王より陥れられ、魔王軍から追われたあの日。

本来なら私もお供して魔王軍から去るつもりだった。

しかしアスタレス様から止められた。

——『私がいなくなったあと、私の直属部隊を守り通せる者はお前しかいない』と。

アスタレス様は、ご自分が追い落とされた絶望の状況でもなお子飼いの兵たちを心配なさっていたのだ。

この気持ちにお応えしないわけにはいかないと私は魔王軍に残り、ひたすらアスタレス様のお帰りを待ち続けた。

忍耐の甲斐《かい》あって、魔王様帰還と共に状況はとんとん拍子に好転。

アスタレス様は現職復帰を通り越して魔王様に嫁ぎ、魔王妃となられた。

さすがはアスタレス様！

アナタは本当に凄《すご》い！

ただ、アスタレス様が魔王妃となられた以上は四天王の職を続行することは不可能。

やはり正式に魔王軍から退役された。

私個人にとっては残念なことだが、いわばこれは栄転。

魔王妃としてさらなる栄光を摑《つか》みしアスタレス様を祝福しよう！

という感じで浮かれていた矢先、私自身にも変化の兆しが来た。

四天王就任の打診。

アスタレス様をはじめ、一時期に多くの四天王が現職を去ったために仕方のないことだが、慣例として後任は各自の副官から選抜される。

というわけで私にお鉢が回ってきた。

家柄的にベレナも資格ありな気もするが、アイツはアスタレス様復権以来行方不明だしなあ……。

私がアスタレス様の後任など畏れ多いばかりだが、そのアスタレス様より『お前にならできる、頼むぞ』とお言葉を頂いて、奮起しないわけにはいかない。

このエーシュマ、粉骨砕身の覚悟をもって四天王を務めさせていただきます。

……え？

四天王になったから妄聖剣も渡す？

いえいえいえいえいえいえいえいえ!!

畏れ多い！　それはアスタレス様が持っていてください！

その剣は永遠にアスタレス様のものです！　折れたのじゃなくて完全修復されたものならなおさら！

＊　　＊　　＊

さて。

実際に四天王となった私がすべきこと。

ガンガン功績を挙げて、私を推薦してくださったアスタレス様の期待に応えることだ。

ガンガン戦って、ガンガン勝利して、魔国に勇名を轟《とどろ》かせるぞー！
と意気込んだところで、ハタと気づいた。
功績を挙げる機会がない。
我らが宿敵、人族軍は既に滅んでしまったし。全力でぶつかるべき相手がいない。
魔王様もその現状を正確に把握してか、軍縮方向に舵《かじ》を切っている。
いかん、このままでは大手柄を挙げる機会がなくなってしまう！
どこかにいい戦功となる敵はいないか!?
人魚国。
いやさすがに相手が大きすぎる。
魔国、人間国、人魚国と並び合う三大王国の一つ。
その一つ人間国との戦争すら数百年以上継続したというのだ。
一介の将軍が戦功欲しさのためにケンカ吹っかけていい次元の相手ではない。
では他に何がある？
ダンジョンから逃げ出したモンスターを相手にチマチマ得点稼ぐか？
それも芳しくない……、と思い悩んでいた頃、私はある噂《うわさ》を小耳にはさんだ。
聖者の農場。
それはこの世界のどこかにある理想郷。ユートピア。
そこには世界のすべてに匹敵する宝が山のように積まれているという。

人間国経由からの噂であったが、聞いた瞬間『それだ!!』と思ったね。

聖者の農場を侵略するのだ。

そしてそこにあるという宝を根こそぎ略奪して凱旋《がいせん》する!

私の手柄は莫大《ばくだい》なものとなるだろう!

問題は聖者の農場とやらの所在地だが、それも魔王軍の全軍をもって探索すれば、すぐに見つかるだろう!

成功するイメージしか浮かばない!

私は勇み立って、まずアスタレス様へ報告に向かった。

アスタレス様は、お生まれになったばかりのゴティア魔王子殿下にお乳を与えているところだったので出直そうとしたが、「かまわぬ」ということで献策させてもらった。

聖者の農場、侵攻計画を。

滅茶苦茶《めちゃくちゃ》怒られた。

報告の瞬間『アホかあああああッ!!』と怒鳴り、ゴティア魔王子を抱きかかえたままサマーソルトキックをかましてきた。

何故《なぜ》かはわからないが、私の計画はお気に召さなかったらしい。

敬愛するアスタレス様の信任を得られないなら計画は却下、と本来ならなるべきだが、今回はそうもいかなかった。

なんと私と同時期で四天王に就いた『怨《おん》』のレヴィアーサも同じ計画を練っていたとわかった。

レヴィアーサは、元は先代四天王グラシャラ様の副官。

アスタレス様とグラシャラ様がライバル関係にある以上、その後継者同士の競争に私が後れを取るわけにはいかない！

私はその情勢も含めて、何度も繰り返しアスタレス様に談判して許可を求めた。

新たに魔王軍司令長官の職務を得た四天王のベルフェガミリア様が、いつもの怠け癖で全然話を進めてくれないから。

どうか、ご承諾くださいアスタレス様！

魔王軍の未来のためには新しい敵が必要なのです！

「んもう、仕方ないなあ……！」

何度目かの直談判《じかだんぱん》で、アスタレス様が呆《あき》れ果てたように言った。

「だったら行ってみるか。聖者様の農場へ」

は？

＊　＊　＊

どうしてこうなったのかわからない。

目の前にはオークがいる。

いきなり転移魔法で見知らぬ土地に連れてこられ『彼と戦ってみろ』とアスタレス様から命じら

れた。
しかしこのオーク、見るからにわかる。
オークのくせにクッソ強い、と。
全身から吹き上がるオーラが尋常なものではなく明らかに四天王以上。
一緒に連れてこられたレヴィアーサも震えて動けない。
え？　何です？
このオークが、ここにいる中で最強ってわけじゃない？
なんでこのタイミングでそういうこと言うんです!?
心が折れないように精一杯頑張ってるのに砕けるじゃないですか!!
結果、簡単に負けた。
負けたあとで、ここが聖者様の農場ですよ、って詳しい説明を受けた。
えッ!?　どういうこと!?
って混乱するより早く次はゴブリンが現れた。
こっちもクソ強いということが一目見ただけでわかった。
結果、またふっ飛ばされた。

失敗の地

こうして新四天王のエーシュマがしばらくウチの農場で生活することになった。

エーシュマは、アスタレスさんの元副官として、他同様に女性。

さらに年齢も、バティベレナよりはアスタレスさんの方に近く、印象もアスタレスさんによく似ていた。

お色気ムンムン悪の女幹部風といった感じだった。

倒した相手に靴でも舐めさせそうな。

もちろん靴の形はハイヒール。

「どうも、農場の主です」

まずはご挨拶。

対する相手は今もまだ困惑顔。

「ここが本当に、聖者の農場だというのか……!?」

オークボの部下にコテンパンにされてボロボロの様相である。

「……魔王様の支配下に入るつもりはないか?」

スパーン!

とハリセン（我が農場謹製）がエーシュマの頭をはたいた。

| Let's buy the land and cultivate in different world |

バティとベレナがそれぞれに。

彼女たちそれぞれの持つ二本のハリセンによる、ハリセンのクロスボンバーだ。

「いってえッ!?　お前たちはバティとベレナ!?　何故《なぜ》ここに!?」

「お久しぶりです。『出世おめでとう』と素直に言えないのが残念ですよ」

三人は、元々いずれもアスタレスさんの副官としてあったのだから、顔見知りなのは当然だ。

「どうしたんだお前たち!?　都落ちのあと、アスタレス様と共に舞い戻ってくるものとばかり思っていたが全然戻ってこないので特に気にしていなかった!!」

「気にしろ」

「ウソでも『心配してた』って言ってください」

こういうことを言い合う関係らしい。

「戦友と再会できたのは嬉《うれ》しいが、今しばらく待っていてくれないか。私は今、大事な交渉の最中なのだ」

バティとベレナを押しのけて、再び俺に向き合う彼女。

「ここにある宝物を献上すれば、魔国の敵になることを回避できるだけでなく、その庇護《ひご》下に入ることもできるぞ。すべて差し出せとは言わん。半分。いや六割でどうだ?」

スパンスパーン。

再びエーシュマの頭を襲うハリセン。

「痛い痛いッ!　さっきから何なのだ!?　かつての同僚をポコポコ叩《たた》きおって!?」

「かつての同僚だからこっちも迷惑してるんですよ。私たちの、ここでの立場を潰さないでください」

「何ッ!?」

「私たち今、ここに住んでるんですよ」

「は!?」

エーシュマの注意が、バティベレナに全集中。

「どういうことだ!? お前たち、行方不明の間一体何を!?」

「思い出してくださいよ。そもそもの発端、アスタレス様が四天王時代に没落するきっかけとなった任務はなんですか?」

「それは……、もちろんアスタレス様から伺っていた。魔族に無礼を働いた人魚国の姫を捕らえに行ったのだろう?」

今となっては懐かしい話だ。

その間、エーシュマはアスタレスさんの直属軍を預かって留守役を務めていたという。

「その人魚姫様が結婚したという相手は誰か、聞いていませんでした?」

「…………」

エーシュマは、記憶の泥を掻《か》き分けるかのような表情で目を瞑《つぶ》り、やがてカッと見開いた。

「……聖者?」

「ちなみに、あっちで人間国の王女に説教してる女の人が問題の人魚姫ですよ」

と指さす先にはレタスレートちゃんに説教くらわせるプラティの姿があった。

「え？　人魚姫？　え？　人間国の王女……!?」

「私たちが、その任務から戻ってきた時の経緯も聞いていますよね？」

「もちろん覚えているぞ！　忘れようのない大事件だったからな!!　お前らとアスタレス様は、なんとドラゴンに握られて戦場に飛来して……！」

「そこでドラゴン様はあることを言いました。何と言ったのでしょーか？」

俺も伝え聞いただけの話だが。

ドラゴン……、とどのつまりウチのヴィールがこう言ったという。

『おれは聖者の下僕だから、聖者に迷惑を掛けたら滅ぼすぞ』

云々《うんぬん》。

「エーシュマ様ぁ～？」

「聖者と聞いて少しは連想しなかったんですかぁ～？　思い当たる節はなかったんですかぁ～？」

元同僚という気安さゆえか、ここぞとばかりに絡んでくるなあの二人。

「い、言われてみればそうだけれど……！　聖者なんて割とありふれた称号だし。他にもたくさんいるんじゃないかって……！　まさか同一人物だとは……！」

その瞬間。

エーシュマはハッとした表情で俺の方を見て、またバティベレナを見詰めた。

バティとベレナはウンウンと頷《うなず》いた。

そしてまたエーシュマはこちらを向いた。

「じゃあ、この聖者もあの聖者!?」

「そうそう」

「ちなみにアスタレス様が四天王の座から追われて一時期身を潜めていたのもここです」

エーシュマは眼球が飛び出そうなぐらいに目蓋を見開いた。

「聖者様はとてつもなく寛容な御方《おかた》です。かつては敵だった私たちを快く迎え入れてくださいました」

「その後アスタレス様が魔王妃となって戻れたのも聖者様のご支援あってのことですし。他色々なことで我々は聖者様のお世話になってるんですよ」

「我々というのは魔族全体という意味です！」

畳みかけに来るバティとベレナ。

「元々、人間国を滅ぼせたのだって聖者様のお助けあってのことですし、我ら魔族が聖者様からお受けした恩義は計り知れません」

「魔王ゼダン様も、聖者様をして『無二の友』と呼んで敬意を払っていますし。そんな聖者様に敵対することはもはや……」

「『魔王様への反逆』」

上手《うま》い感じにハモるな。

しかしその宣言はいい感じにエーシュマに突き刺さったらしく、顔面蒼白《そうはく》。

「ご……！」

「ご？」

「ご無礼をばぁ――――――ッッ!!」

結局エーシュマがダイビング土下座することによって事態は収束しましたとさ。

＊　＊　＊

「アスタレス様！　なんでもっと早く仰《おつしや》っていただけなかったのですか!?　すべてを把握しておられたのでしょう!?」

「迂闊《うかつ》に喋《しゃべ》るわけにもいかんしなあ……」

屋敷でゴティアくんを寝かしつけていたアスタレスさんが再合流。

「大体、周囲の情報を組み立てれば上手く推測できることはベレナたちからも指摘されただろう。魔王軍を頂点からまとめる四天王が、それくらいの知恵も回せないでは困るぞ」

「うう……!?」

エーシュマはぐうの音も出ずにやり込められるばかりだった。

「ここはエーシュマに、四天王となるための研修をしっかり受けてもらった方がよさそうだな。

……聖者様」

「はい？」

嫌な予感。

「エーシュマのヤツを、しばらくこちらに住まわせてやりたいのですが。お詫《わ》びとして好きなだけこき使ってください」

「ええ……？　まあ……、はい……」

「その合間に私から、四天王としての心得をしっかり叩き込んでやることにしよう。一隊をまとめる副官と、一軍を率いる四天王とでは心構えに数段の違いがあることを教えてやろう！」

これもしや、エーシュマをこっちに置いたことでアスタレスさんが遊びに来る口実を設けたんでは？

口実なくても三日と空けずに遊びに来ているのに。

「この地では既にバティとベレナが住み込んで、積もり積もった恩を返すために日夜働いている。お前もそれに加わり、今回の失態を働きで取り戻すのだ!!」

「ははッ!!」

なんかそういうことになった。

「ええぇ～？　エーシュマ様までここで働くんですか～？」

「せっかく気楽にやってるのに～？」

嫌そうな態度をしない元同僚。

とは言え、上司からの信頼度や実力から言っても明らかにエーシュマの方が格上っぽいし、同じ元副官でもバティやベレナにとってもやりにくい相手なのか？

「ここで働くと言っても、四天王の仕事はどうするんです？　就任したばかりでしょうに」

「だから研修なのです。ここで軽率な振る舞いを償い、四天王としての心構えを養ったら再び魔都に呼び戻そうと思っていますがいかがでしょう？」

いいんじゃないですか。

その横で、エーシュマとバティベレナが改めて挨拶し合っていた。

「バティ、ベレナ。望外にもまたお前たちと一緒に働くことになったのでよろしく頼む。で、具体的にどういう仕事をしているのだ？　私もお前たちと同じことをすればいいのだろう？」

「いや、そう単純な話ではなく……！」

バティたちは、彼女らの農場での仕事を説明した。

特にバティの担当は、他にはまず真似《まね》できない。

「服作り？　そう言えばお前、魔王軍にいた頃も度々そんなことを言っていたような……？」

「意外と覚えていますね……！」

「しかしお前、魔王軍の軍人から専門的な訓練も受けずに、本当にちゃんとした服が作れるものなのか？　却《かえ》って失敗作ばかりで迷惑かけたりしていないだろうな？」

エーシュマの心配ももっともだろう。

しかしそれは無用な心配だった。

「そうですね……、私がどんな服を作っているか？　一番率直でわかりやすい説明をするとですね」

「うむ？」

「アナタが今着ているのがそうです」

「何ぃッ!?」

なんとエーシュマが今日着てきた服がバティ作の一品らしい。

恐らくシャクスさんを通して魔国市場に流れていったものの一つだろう。

「何を言うのだ!?　これは今、魔都で一番人気のブランド服だぞ！　アスタレス様が特別な場所へ連れて行ってくださるというので、奮発して買った品なのに!!」

「だからそのブランドが拙作なんですよ。あと四天王が奮発するなら出来合いのもの買わないでオーダーメイドで新調してください」

エーシュマが魔国に戻る際に、四天王に相応《ふさわ》しい式典用の礼服を作ってあげることになった。

こうして新四天王の一人、エーシュマが住み込むことになった。

期限付きで。

魔王軍で位人臣を極めるような人が、ウチで生活することで改めて何か学べるのだろうかということは甚だ心もとないが。

少しでも何か得るものがあるのだとすれば幸いだ。

＊　＊　＊

『ガハハハハハハハ！　争いだー!!』

なんかヴィールがドラゴンの姿に戻って暴れていた。

相手はホルコスフォンだった。

天使の翼でヒラヒラ宙を舞い、ドラゴンブレスを華麗にかわしている。

『昨日の下等種族どもの争いを見ておれも体がうずいたのだー！　戯れにつき合え羽女ー！』

「手早く済ませていただきたいです。今日はひきわり納豆に挑戦する予定ですので」

納豆作りに心血を注ぐホルコスフォンは、それを邪魔するヴィールに割と本気でマナカノンを叩《たた》きこんでいる。

攻撃に憎悪が宿っていた。

「ど、ドラゴンが……！　ドラゴンが戦っている……！」

その様子を見てエーシュマが膝から震えていた。

そんなに驚くことかな？

「ヴィールは以前、魔王軍と人族軍の戦場に乱入した前科もあるし。いることは予想できてたでしょう？」

「予測できても受け止めきれない衝撃はあります！」

言いたいことはわかる。

「ドラゴンだけでも受け止めきれないのに！　何ですかあの翼の生えた何者かは!?　ドラゴンと互角に戦ってるじゃないですか！」

「ホルコスフォンは天使っていう、昔いた種族だよ。ドラゴンと互角の力があるらしい」

「互角!?」

「それよりも農場を案内しよう。キミに合った仕事を見つけないと」

「それよりも!?　争うドラゴンたちをなんとかしなければでは!?　このままだと争いに巻き込まれて世界が滅びかねませんよ!!」

「飽きたらそのうちやめるよー」

実際には飽きるより前に納豆作りたいホルコスフォンが痺《しび》れを切らし、極大出力マナカノンのフルファイヤでヴィールをぶっ飛ばして終わりになった。

『ズルいぞー！　遊びなのに本気になりやがってー！』

＊　＊　＊

「アスタレス様が、ここに攻め込むことを何としても止めようとした理由がわかりました……！」

農場を案内中、俺のあとに続きながらエーシュマは蒼褪《あおざ》めた表情をしていた。

「保有する戦力が違いすぎます。こんな場所に攻め込んだら、たとえ魔王軍の全力をもってしても確実に返り討ちです」

「そこまでのこともないと思うけど……！」

「前に戦ったオークとゴブリンもそうです……！　あの個体は明らかに変異化していた……！　ウォリアーオークとスパルタンゴブリンと言えば、一体で一軍に匹敵するという。ドラゴンだけでなく、そんな脅威までも……!?」

「あー……」

言おうかどうか迷ったけれど、言うことにした。

「……実は、ウチの農場にはその変異したオークとゴブリンが合わせて百人いてさ」

「世界を滅ぼす気ですか!?」

「そんなつもりはないけれど……！　あと、その百人のうち十人はもう一回変異していて、つまり二段変異してるんだよね……！」

なんて言ったっけ？

「そうそう、レガトゥスオークとブレイブゴブリンって言ったっけ？　いやぁ皆、知らないうちに育っちゃってビックリするよねー？」

HAHAHAHAHA。

冗談めかして笑う俺の肩が、トントン、と叩かれた。

振り向くと、そこにオークボの部下のオークが。

どうした？

「あの……、聞くとはなしに聞いていて。失礼とは思いましたが、ご注進を。我が君、お気づきでないのですか？」

「ん？　何が？」

「レガトゥスオークとブレイブゴブリンの班長クラスですが……。その中でオークボリーダーとゴブ吉リーダーがまたさらに変異していて……！」

「は!?」

「三段変異です。ユリウス・カエサル・オークとタケハヤ・スサノオ・ゴブリン。先生の話では、その戦闘力はもはや世界二大災厄に匹敵すると……！」

オークボとゴブ吉が。

アイツら貫禄《かんろく》出てきたもんなあ……！

そうか。

いつの間にかさらに変異しちゃってたか。

親は無くとも子は育つってヤツか？

俺が感慨深くなっている横で、エーシュマが立ったまま気絶していた。

＊　＊　＊

「どうかお許しください」

エーシュマが改めて俺に土下座した。

魔族って土下座することの多い種族だなあって気がなんかする。

「偉大なる聖者様の土地に攻め込もうなど、私はまったく愚か者でした。これは私一人の独断ですので、魔族の総意ではありません。どうか……！」

「そんなに畏《かしこ》まらなくても大丈夫だから……」

逆に考えれば、ここまでビビッてくれたんなら「農場に攻め込む」なんて二度と言わないだろう。

「農場と魔国の関係も安泰かな？」

そうなってくれたら俺も万々歳だが。

「……それはどうでしょう」

「え？　誰!?」

いつの間にか、見知らぬ女性が俺たちの前に立っていた。

肌の色から魔族であることがわかるが、顔に見覚えがない。

目が隠れるぐらい長い前髪が特徴的で、それだけで記憶に残りそうな気配を出している。

「お前はレヴィアーサ!? 今までどこにいた!?」

「レヴィアーサ?」

「私と同時期に四天王に就任した新参者です。元はグラシャラ様の副官を務めていました!」

ああ。

そういえばエーシュマの他にも農場攻めろって主張している四天王がいたって話だよな?

エーシュマと一緒にオークやゴブリンたちにぶっ飛ばされていたような……!?

「お初にお目に掛かります。私はグラシャラ様に代わって新たに四天王となった『怨』のレヴィアーサ。お見知りおきを」

「お、おう……!」

おかしい。

エーシュマと一緒にウチに来たというのに今の今まで存在に気づけなかった。

それぐらい存在感が薄いということ?

「おいッ、レヴィアーサ! お前もこっちに来て聖者様に謝罪しろ!」

エーシュマはお冠。

「お前も私同様、農場への派兵を主張したんだから、お前も揃《そろ》って頭を下げなければ聖者様に謝意が伝わらんだろうが！」

「私が出兵案を出したのは、エーシュマを煽《あお》るのが目的だし……」

「えーッ!?」

「グラシャラ様が何か隠しているのはすぐわかった。あの人ウソが下手だから。それでエーシュマを焚《た》きつけて騒がせれば、答えまでたどり着けると思った……」

と予想外の答え。

すると何？

ここまでの一連の流れは、すべて彼女の計画通りだったってことか!?

「魔王様たちが何を隠しているのかやっとわかった。これでグラシャラ様をお助けできる」

「お、おう……!?」

「聖者様、これからもどうかよろしくお願いします」

レヴィアーサからペコリと頭を下げられた。

なんだろう……？

これまでの新旧四天王とまったく違う雰囲気は？

「……フン、そんなこと言って、お前にちゃんと魔王様と魔王妃様をお助けできる力があるのか？

実力が伴ってこそ大口を叩けるんだぞ？」

同じ新四天王としてエーシュマが棘《とげ》のある物言い。

先代のアスタレスさんとグラシャラさんがライバル同士であったように、彼女たちもまた鎬《しのぎ》を削り合う間柄であるのか。

「……ならば見てみる？　新たなる『怨』の四天王レヴィアーサの実力を？」

彼女は、固く握られた右拳を俺たちに向けて突き付けた。

その拳に握られていたのは。

ねこじゃらしだった。

＊　＊　＊

「あ？」

ついさっきホルコスフォンに負けたばかりで不機嫌のヴィール。

ただ今人間形態。

「なんか用か？　おれは凄《すご》く機嫌が悪いから……？」

ヴィールの視線が、ある一点へと吸い寄せられていく。

それは、レヴィアーサがゆらゆら揺らしているねこじゃらし。

ねこじゃらしが右へ行くと、ヴィールの視線が右に。

ねこじゃらしが左へ行くと、ヴィールの視線が左に。

「にゃーッ!!」

ついに我慢しきれずに飛びかかった!?

しかしレヴィアーサ、絶妙のタイミングでヒラリとかわす。

「にゃーッ！　にゃーッ！　にゃ――――ッ!!」

執拗《しつよう》にねこじゃらしを追うヴィール。

……お前、最近とみに猫化が進んできたと思ったけどここまでとは……!?

しかし即座にそれを見抜いてヴィールを手玉に取るレヴィアーサ。

「これは……、有能!?」

我が農場に侮れない人材がまた一人加わった。

「ぎゃーッ!?　興奮したヴィールがドラゴン形態になったーッ!?」

「全員退避ーッ！　誰かヴィールを落ち着かせろーッ!!」

仕事のできる女

Let's buy the land and cultivate in different world

我が農場に、一時的に滞在することとなった新四天王のエーシュマとレヴィアーサ。

エーシュマのことは散々語ってきたので一時置くことにして。

もう一方レヴィアーサのことについて語っていこう。

彼女の有能ぶりを物語るエピソードが早速一つ発生した。

＊　　　　＊　　　　＊

その日。

農場に遊びに来たグラシャラさんがエルフたちから詰め寄られていた。

『一体どういう組み合わせだ?』と最初よくわからなかったが、押し問答を聞いているうちにだんだんと話が見えてきた。

「魔王妃様!」

「いつになったら私たちの作品を売り出してくれるんだ!?」

とエルフたちは第二魔王妃であるグラシャラさんに抗議の嵐だった。

その先頭に立っているのは陶器班の班長エルロン。そして木工班の班長ミエラル。

工芸品作りを仕事とするエルフたちは、そのように細かく班分けされている。

この二人が畏れ多くも魔王妃に食って掛かる理由とは？

もうだいぶ前の話になるが、エルフたちが『自分たちの作品を外に売り出したい！』と言い出した。

同じ頃、バティの作った服が魔都でバカ売れしたので、触発されたのだろう。

実際にマエルガ班の作った革製品やポーエル班のガラス細工はアスタレスさんから商人シャクスさんを経由して売り出され、今や順調な売り上げを記録しているという。

なのに。

同じエルフチームでありながらエルロン班の陶器やミエラル班の木工品はまったく売り出されていないのだ。

何故《なぜ》か？

アスタレスさんと同じ魔王妃であるグラシャラさんが横やりを入れてきたのだ。

『アスタレスばかり仲介をやってズルい！　アタシもやる！』と。

農場の良品をアスタレスさんの名の下に流通させることで、魔族全体からのアスタレスさんの評価もセットで上がる。

同じ魔王妃として、差をつけられることを危惧したグラシャラさんが口を挟んだ。

色々話し合いした結果、エルフたちが作り出す四種類の商品のうち仲良く二種類ずつ、半分に分けて市場に開放していくことが決められた。

アスタレスさんの担当になったのがマエルガ班の革製品と、ポーエル班のガラス製品。

グラシャラさんの担当になったのがエルロン班の陶器と、ミエラル班の木工製品。

ここまで話せば大筋は見えてきたことだろう。

エルフたちにとっての明暗が、ここでしっかり分かれた。

「マエルガやポーエルのところの作品はしっかり売り出されてるのに！　なんで私たちの作品はまだまだ売り出されないんですか!?」

「グラシャラさんのとこで止められてるんだろ!?　何で売り出さないの!?　売り出して！　早く!!」

つまりそういうことだ。

ミエラルもエルロンも、魔王妃相手だというのに実に遠慮がない。さすがは元、反権力の義賊。

「……まあ、落ち着いて聞いてくれ」

第二魔王妃となったグラシャラさんも、四天王だった頃に比べて落ち着きも出てきたらしい。

それ相応の威厳をもって口を開く。

「たしかに、お前たちが怒る気持ちもわかる。同僚の作品はアスタレスを通してバカ売れしてるのに、お前たちがアタシに託した作品は一向に出回らない。その原因はアタシにある」

「そこまでハッキリ言われると……！　グラシャラさん一人だけの責任とは……！」

「実際アタシが何もしてないから何も進んでいないんだがな」

「お前のせいだあああああッッ!!」

盛り上がってるなあ、賑《にぎ》やかだなあ。

「もう少し聞いてくれ。何故進んでいないのか？　理由を話せばお前たちもわかってくれるはずだ！」

「よっしゃあ！　聞いたろうじゃねえか!!」

エルフたちがもはやヤケ気味。

「この作品仲介。アタシとアスタレスとの勝負という側面があることも事実。魔王妃としての格を競う勝負だ」

「ま、まあ……」

「より多く売った方が、いい魔王妃だ！　そんな評価を世間も下すだろう。アタシはアスタレスに絶対負けるわけにはいかない！　四天王時代からの因縁の相手だ！」

アスタレスさんにグラシャラさんが勝つためには、アスタレスさんと同じ方法は取れない。

つまり魔王家の御用商人であるシャクスさんを仲介に置くこと。

後追いをしたら、既に実績のあるアスタレスさんの方が印象に残るのは当然だ。

グラシャラさんが逆転勝利を収めるには別のルートを使ってアスタレスさん側以上の大ムーブメントを起こすしかない。

「……で、色々と新ルートを模索してみたが、見つからなかった」

「もういい！　私たちもアスタレスさんの方から売り出してもらう！　アンタに預けた作品全部返せえええええ!!」

「バカ言うな！　そんなことしたらアタシの惨敗になっちまうじゃねえか！　アタシの意地にかけて、アスタレスに負けられるかあああああ!!」

ついに取っ組み合いのケンカになった。

グラシャラさんも意地張らないで普通に売り出せばいいのに。

そんな風に、俺も傍《はた》から見ていて溜《た》め息《いき》を吐《つ》いていると。

「相変わらずダメダメダメっ子ですねグラシャラ様は」

そこに現れたのは新四天王のレヴィアーサ。

四天王へ就任する前はグラシャラさんの副官だった。

「グラシャラ様、もしよろしければエルフたちの工芸品販売ルート、私が探しましょうか？」

「お前がやってくれるのか!?」

「実際現物を見てからでないと確たることは言えませんが。まあよほどのことがない限り大丈夫でしょう。エルフの工芸品は高級品ですから」

「よし！　そういうことなら全部お前に任そうレヴィアーサ！」

躊躇《ちゅうちょ》なく部下にすべてを丸投げにするグラシャラさん。

「もうグラシャラさんじゃなければ誰でもいいわ！」

「お願いします！　私たちの作品をよろしくお願いします!!」

エルフたちも即座に賛同して、話は一気にレヴィアーサ預かりになった。

＊　＊　＊

「グラシャラ様は、ほぼ実戦での戦功だけで四天王まで上り詰めた人ですから」

レヴィアーサが冷静な口調で言う。

「元々怨聖剣の継承家系でも分家筋で位も低いんです。それでも歩兵から戦い抜いて、勇者を何人も倒して出世し、ついに四天王にまで抜擢《ばってき》されたというのは恐ろしい経歴です」

冷静な口調に、どこか自慢げな熱がこもっていた。

何やかやと言いつつ、上司のグラシャラを敬愛しているのだろう。

「その分、戦場の外での実務処理は苦手な方で。そこをサポートするのが副官としての私の職務でした」

つまりこういう交渉事は大得意であると。

エルロンやミエラルもいい加減進展がないと可哀相《かわいそう》だし、早急に進めてあげてくださいませんかね。

「モノは……、食器と木像？」

エルロン班とミエラル班。

それぞれの作品が放り込んである倉庫へ。

「グラシャラさんに渡したサンプルも、大体こんな感じのものと思っていいよ」

「私には、こういうものの良《よ》し悪《あ》しがわかりませんが、そんな私ですら圧倒される雰囲気がありますね……！」

レヴィアーサは、ミエラル作の木像を眺めて言う。

「これは、冥神ハデス様の像でしょう？」

「うん、そう」

「やっぱり、何故か説明されずともわかりました！」

………まあ。

そりゃそうだろうなあ、と言えなくもない。

だってその木像。

いつぞや召喚された本物の冥神ハデスをモデルにして彫られたものなんだから！

そりゃ本物の生き写しみたくなるでしょうよ！

「この像から発せられる玄妙な空気。本物の冥神ハデス様が降臨されれば、きっとこのような姿になると思わせるでしょうね」

「そうだね。……ハハ」

苦笑するしかなかった。

「わかりました。こういうのを高く買ってくれそうなアテを知っています。明日にでも訪ねてみましょう」

「直接売りに行くの!?」

「仲介者は少ないに越したことはありませんから」

なんか滅多やたらと有能感を出すレヴィアーサさんですが。

とにかく彼女は交渉のために一度魔都へと戻っていった。

＊　＊　＊

翌日。

「売れました。在庫全部。目標設定価格以上の値で」

「早すぎる!?」

レヴィアーサは本当に有能だった。

豪なるバカ

Let's buy the land and cultivate in different world

ワシの名はバアル。

誰もがワシのことを指してこう呼ぶ。

魔族一の大バカ者と。

価値のないものに金を出し、役に立たないものを有り難がる。

だから大バカ者だと。

ワシが大金をはたいて買うもの。

絵画、彫刻、古い書物や過去の偉人が愛用したもの。

そんなものを買い集めるワシを誰もがバカだと罵る。

——『絵が何の役に立つ?』

——『木彫りなんかで腹が膨れるのか?』

——『昔のことなんか知ったって何の得になるだろうか?』

——『古いだけのガラクタだろう?』

そう言ってワシの集めたものを嘲笑う。

そんなものを買うぐらいならもっと価値あるものを買うべきだろうと偉そうに講釈してくる。

宝石とか、黄金とか、豪勢な屋敷とか、若くて美しい女とか。

そういうもののために金を使えと言う。

余計なお世話というものだ。

もう何百年と続く人族との戦争。

長く続く戦乱のせいで魔族は生きるためのゆとりを失った。

ただ生きてさえいればそれでいい。

そう思うことが常識という時代もまた何百年と続いてきた。

それではいかんのだ。

我ら魔族は、過去の者たちが生み出してきたものを未来に受け継いで、それによって豊かな格式を養っていかねばならん。

豊かさはその時々で得ることができる。

強さも。

しかし格式だけは過去から与えてもらうしかない。

だからワシは、大バカ者と言われようと、価値のないと言われるものを買い漁《あさ》るのだ。

未来に伝えるための過去を途絶えさせぬように。

幸い金は腐るほどある。

今日もまたワシの下を様々な者が訪れることだろう。ガラクタを売りつける詐欺師を含めて。

ワシは誰だろうと拒みはせん。

さて、会ってやるとするか。

＊　＊　＊

「四天王になったそうだな小娘？」

「運に恵まれただけです。本来ならば四天王『怨』の座はグラシャラ様のもの。そのグラシャラ様が新たなる座にお移りになったゆえ、あとを引き継いだにすぎません」

「ゼダンも大層なじゃじゃ馬を貰《もら》ったものだ。しかも妃《きさき》を二人とは、あの小心者にしては随分思い切った」

意外な来客だった。

新たに四天王になったばかりのレヴィアーサが訪ねてくるとは。

「このワシに何の用だ？　四天王として影響力を強めたい、とでも言うか？　ならば今さらワシと接触をもっても見込み違いとなるぞ？」

「アナタの下を訪ねるなら用件は一つだけでしょう」

「ほう？」

「買ってほしいものがあります」

この女。

グラシャラの副官をやっていた頃から他とは違うものを感じていた。

強いて言うなら、あのベルフェガミリアに近いものというところだが……。

やはり面白い。

「四天王になったというのにまだ物売りをするか？」

「バアル様は物の価値をわかっておいでなので。掘り出し物を持ち込むにはアナタのところに限ります」

小娘め。

このワシを敬っておるのか侮っておるのか、いまいちわからん。

「見るだけ見てやろう」

「ありがとうございます。ものは既に庭先に運び込んであります」

「ほう、大きいのか」

しかしヒトの屋敷で我が物顔に振る舞う娘よ。

ゼダンのヤツは、あからさまに曲者《くせもの》の嫁を二人も貰いながら、この上こんな娘まで部下として使いこなせるのか？

＊　＊　＊

庭に出てみて驚いた。

神が。

神がおられる……！

「冥神ハデス様……！」

「やはり言われなくてもわかりますか？　私もこれを初めて見て、冥神ハデス像だと言われずともわかりました」

威風堂々たるお姿……！

豊かな髭《ひげ》……！

冥府の神に相応《ふさわ》しい幽玄たる衣装……！

あまりにも神そのものの御姿《おすがた》が、樹木から見事に彫り出されている！

木が神に転生したかのようだ……!?

「本当に見事です。まるで本物の神をそのままモデルにしたかのような……」

「……作者は？　この見事な像を彫り上げた名職人は一体何者なのだ!?」

「エルフです。今はそれだけしか」

エルフ……！

小手先器用なあの種族なら、これほどのものが作れるか。

釈然とせんが納得よ。

しかし本当に、現世に降りた神をそのまま見て彫ったような。

「実は、ハデス神の像だけではありません」

「なんと!?」

小娘の指し示すままに見てみると……、像がたくさん!?

こちらは冥神ハデスの妻、地母神デメテルセポネの像!?

ハデス神の忠実なる使者、死のタナトスと眠りのヒュプノス像！

冥界三大裁判官、ラダマンティス、アイアコス、ミノスの像！

おお、海神ポセイドスと、その親族の像もあるではないか!!

……どれもこれも、やはり本物を生き写しにしたような荘厳さではないか！

「しかし地の神、海の神と来て何故《なぜ》天の神の像だけがないのだ？」

「彫る価値がなかったんじゃないですかね？」

よくわからんが、まあ我ら魔族が崇拝するハデス神を仲間外れにされるよりはマシか。

「あと、神々の中に交じっておいてある、この像は何だ？」

「神像ではありませんね？　乾涸《ひから》びた骸骨のようで、見ているだけで身震いするほど恐ろしい
……!?」

「…………これは、ノーライフキングか？」

「世界二大災厄の!?」

「見ていたら段々思い出してきた。ノーライフキングには若い頃二、三度遭遇したことがある」

さらにこっちの、どう見ても何の変哲もない人族の像はなんだ？

これだけ豪壮たる神像の群れに交じると却《かえ》って奇異なんだが？

「…………」

だが何度見ても見事な像ばかりではないか。

我ら魔国では、いかに神を象《かたど》った彫刻でも、そこまで有り難がられるものではない。

精々厳かな場所において、汚れたり欠けたりすれば新しいものと取り替えて捨てる。

その程度のもの。

しかしそれではいかんとワシは思う。

特にこのような魂のこもった彫刻であればなおさら。

大事に保存し、作者が込めた思いと一緒に未来へと引き継がせるべきではないのか？

「よろしい、買おう」

すべて買おう。

これほどまでに素晴らしい彫刻。一つでも我が手から漏れて価値のわからん者の手に渡っては一大事だ。

叩《たた》き割られて薪《まき》の代わりにでもされたら一生悔やまれる。

「ありがとうございます。全部ですと値段はこれほどで」

小娘の差し出す売買契約書を流し読む。

そして値段の項に目が留まる。

「ふざけるな」

契約書を突き返す。

「お前もまだまだ物の価値をわからん小娘だ！　これほどの大作に、こんなはした値をつけおって！」

これでは元となった木片の値段とそう大して変わらんではないか！

「いいか！　こうしたよいものにはもっと相応しい値をつけるものだ!!」

執事に赤インクを持ってこさせると、契約書を修正して適切な値を記入する。

それを見て小娘が、目を剝《む》きおった。

「本当にこんな……!?　前値の百倍はあるじゃないですか!?」

「作者が、この作品にかけた労力と、技術と、それらを養った時間に支払う値段だ。そしてこの作品が未来に与える品格に支払った値段だ」

ガラクタに大金を払う大バカ者と呼びたければ呼べ。

しかし長い戦乱に病み疲れた魔族たちにとって、戦いが終わったこれからの時代にこそ、こういう金の使い方が必要なのだ。

ゼダンのヤツが人間国を滅ぼした、これからの時代に。

「かしこまりました。ではその値で売らせていただきます。代金はすべて作者のエルフの下へ」

「なんだ？　お前は仲介料を取らんのか？」

「私は、商人ではなく四天王ですので」

相変わらず考えのわからんヤツよ。

ならついでにそのエルフに伝えるがいい。

生きるに困ったらワシが保護してやる。木を彫るに必要なものすべてを揃《そろ》えてやるから遠慮なく囲われに来いとな。

＊　＊　＊

久しぶりにいい買い物をしていい気分であったというのに、その気分を台無しにする客が現れおった。

ゼダンのヤツだ。

魔王の仕事で忙しいくせに、忙《せわ》しなく我が隠居屋敷を騒がせおる。

「また大層な買い物をしたようですな親父《おやじ》殿」

「差し出口だぞゼダン。ワシはもう引退した身だ。何をしようと文句はなかろう」

「そういうわけにも行きますまい。魔族にとってまだまだアナタの影響力は絶大です。ご留意いただきたい」

「ふん、どうだか。どうせ誰もが皆ワシのことを大バカ者だと蔑んでおるのだろう？」

「そんな陰口をまだ気にしておられたのか？　批判も面と向かって言えぬ一部の卑怯《ひきょう》者など無視すればよい。魔国の誇りある住人たちは、アナタに対してたった一つの呼び名しか用いません」

フン。

仰々しい呼び名だ。

先代の魔王。……大魔王バアルなどと。

「ってなわけで売れました」

レヴィアーサの報告を受けて、我が農場は大騒ぎ。

「うそおおおおおッッ!?」

「完売いいいいッ!?」

「しかも予想より遥《はる》かに高くうううううッッ!!」

もっとも興奮しているのは、当然というべきか木像制作を直接手掛けたミエラル班の面々。

自分たちの作業が認められたのはさぞ嬉《うれ》しいのだろう。互いに抱き合って涙まで零《こぼ》している。

「で、これが代金ですね。……よっこらしょ!」

「うお、凄《すご》い」

一抱え以上もある大きな袋がパンパンではないか。

中身。もしや硬貨的なもの?

「金貨ですよ」

「「「うきゃああああああ――――ッ!?」」」

エルフたちの歓声が、もう声の域に留《とど》まっていない。

「随分高く買い取ってくれたものだねえ。一体誰がこんなにたくさんのお金を……」

「ただの酔狂な人ですよ」

レヴィアーサは多くを語らなかった。

ただ、あとになって気づいたけど多くの神像に交じって俺の像と、ノーライフキングの先生の像まで売れちゃったんだよな？

あれ本当によかったの？

先生の像ならまだ神々しさもあるだろうけど、俺の像とか完全に場違いじゃない？

あんなのまでセットで買っていただいて。

テレビ通販でよくある『今ならおまけでもう一品！』的なポジションですか？

「よくやった！　よくやったぞレヴィアーサ！」

レヴィアーサの上司であるグラシャラさんもご満悦だ！

「これだけ高値の売り上げならアスタレスにも負けないぜ！　これでアタシの株も大いに上がったな!!」

満足するグラシャラさんの目の前で、レヴィアーサのことをエルフたちが胴上げしていた。

「レヴィアーサさん有能！」

「本当に有能!!」

「すべてはレヴィアーサさんに任せておけば上手《うま》く行く！」

「レヴィアーサ先生!!」

「レヴィアーサ四天王先生!!」

エルフたちのレヴィアーサを讃《たた》える勢いが半端ではない。

「…………」

それを眺めるグラシャラさん。

「……なあ、本当にアタシの株上がったのかな？　上がったのはレヴィアーサの株じゃないかな？」

「そんなことありません」

レヴィアーサが胴上げ体勢からシュタッと華麗に着地。

「この私は、今でもグラシャラ様の忠実な部下。部下の手柄は上司の手柄。これ世界の常識です」

「そうか！　そうだよな！　いい部下を持ってアタシは幸せだなあ!!」

上手く丸め込まれるグラシャラさんを見て『レヴィアーサ、マジ有能だな』と思った。

＊　＊　＊

しかしすべてが丸く収まったわけではない。

喜び溢《あふ》れるエルフたちの隣で、プンプンと頬を膨らませるエルフもいた。

「なんだよ！　ミエラルのばっかり売れてさ！」

ご立腹なのはエルロン。

エルフチーム、陶器制作班の班長だ。

今回レヴィアーサが売り込みを引き受けてくれたのは、ミエラル班の木工製品と、エルロン班の陶器製品の二種。

今回売れたのは、そのうち一方だけ。もう一方のエルロン製品にはまったく手つかずで、品物は手元に残っていた。

他にもマエルガ班の革製品、ポーエル班のガラス製品がアスタレスさんルートで売れまくっていることを鑑みれば、エルロンのところ一班だけ取り残されたような感じだ。

拗《す》ねる気持ちもわかる。

「そう慌てないで。物事には順序というものがあるのです」

レヴィアーサが宥《なだ》めるようにエルロンに向かって言う。

「アナタたちの作った陶器は、とてもよくできたものです。だからこそ相応《ふさわ》しい値段で捌《さば》く役目が私にはあります」

「有能！」

レヴィアーサさんをそのまま『有能』って呼称するのはさすがにやめませんか。

「だからこその順番です。先方は、今回の神像でガッツリ信用してくれました。『コイツの出すものに外れはない』と。その信用を使って陶器も高値で売りつけるのです!!」

「あくどいことしてないよねキミ!?」

「そこで……」

「？」

「聖者様にご相談があるのですが……」

「?」

＊　＊　＊

レヴィアーサから詳しい話を聞くところによると。

現在魔国では、陶器の主な用途とされる食器類などの価値は、一律して低いらしい。

たとえば一般的な庶民の使う皿も、魔王さんのような王侯がパーティで使う皿も大して違いはないのだそうだ。

そういった傾向は魔国の生活全体に行き渡っていて。

――道具は使えればそれでいい。

という考えが支配的だという。

しかもその考え方は旧人間国においても蔓延《まんえん》していて、だから一般的な価値観だと言ってもいい。

そんな世の中でも女性が美しくありたいという気持ちは不滅だから服は売れたし、ポーエルのガラス細工は水晶宝石類を連想させ珍しがられた。

「だからこそエルフたちが作った陶器を売り出すにも慎重にならなければなりません」

有能なレヴィアーサさんが言う。

いつの間にか「さん」付けだ。

「最初、エルロンさんの作った陶器を見た時、その変わった見てくれに驚きました」

「変わった見てくれ？」

「ただ使えればいいはずの皿やカップが、緑や赤や黒や青、様々な色が塗られ、中には模様までついている。形は歪《いびつ》で歪《ゆが》んでいるようなものもありますが、何故《なぜ》か失敗作とは思えない……！」

……。

……ああ。

それはね、俺が前の世界にいた時にハマった漫画で、そういう芸術性に富んだ器を作りたいみたいな欲が湧いて……。

俺が色々注文するとエルロンも興味を持ってくれて。

色んな釉薬《ゆうやく》を試したり炉を改造したりして。

ノリと勢いでただひたすらに作りまくった……。

……変わった食器を。

「これは、売り方を工夫すれば、ただの食器としてより遥かに価値のあるものとなります。そこで聖者様にご教授いただきたい」

「何をですか有能？」

何を教授しろというんですか有能？

「これを作ろうとした時、どんな気持ちだったんですか!?　セールストークに使用しますんで、詳細にわたって解説してください!!」

「解説!?」

「微に入り細に穿《うが》ち！」

そういうのは作った本人のエルロンに聞くべきでは!?

大本の指示出したのは俺だってバレてる!?

そう!?

……こうして俺は、作品制作中の自分の心境を解説させられるという小っ恥ずかしい行為を強制させられた。

そして……。

＊　＊　＊

翌日。

「全部売れました」

「有能!?」

レヴィアーサの快進撃は留まるところを知らない。

ひょうげの食卓

| Let's buy the land and cultivate in different world |

オイラはベベギットという。

魔族の陶工だ。

今日も魔都郊外に開いた窯で、皿を焼くことを欠かさねえ。

練って焼いて、練って焼いて、練って焼いて。

陶工生活四十年。

これからもガンガン皿を焼いて焼きまくるぜ!!

「いえ、本日は会食の予定が入っていますんで。現場仕事は我々に任せて出かけてください」

なんでい弟子?

そう言われても、オイラぁ日に一回は窯の熱を浴びなきゃ調子悪くなっちまうぜ!

「そうは言っても会食のお相手は大魔王様ですよ。失礼かましてウチの窯場潰されるの嫌ですから、遅刻しないよう早めに出てください」

大魔王バアルか。

あの隠居ジジイ、今さらオイラを呼び出して何の用だ?

現役魔王の頃からオイラの作る皿にケチつけまくってよ。煙たいったらありゃしねえ。

まあいいや。

今やアイツも引退した身。

分不相応な無茶振りしてくるようなら啖呵《たんか》切って叩《たた》きのめしてやるぜ！

そして現魔王のゼダン様に泣きつく！

よし行ってくらあ！

職人の心意気を見せつけてやるぜ!!

＊　＊　＊

久々に大魔王様の隠居屋敷にやって来たが、相変わらず奇抜なもので溢《あふ》れかえってやがるなあ

……？


何だこの木像の群れは？

なんで一部屋にこんなにたくさん並べてやがる？

「早速この像群に目を引かれておるとは、さすがにお目が高い」

そう言って現れたのは、この隠居屋敷の主、大魔王バアルのジジイじゃねえか。

魔王の職責はすべて息子のゼダン様に譲り、今や呑気《のんき》な隠居生活。

気楽なものだぜ？

「かねてからお前には、陶工を名乗るに相応《ふさわ》しい美的感覚が備わっているのか不安に思うことがあったが。この神像に感じ入るようであれば、一応は合格といえるであろう」

「ケッ、相変わらず偉そうに御託並べやがって……！」

このジジイは、昔から妙なところで口煩《うるさ》いんだ。

オイラの作る皿にいちいちケチつけやがってよ。

しかしさすがに魔国の長には逆らえねえし、引退してやっと静かになるかと思いきや大魔王になってまで嘴《くちばし》つっこんできやがるのか!?

「この神像は、ある筋から買い取っての。いずれの像も、本物の神を写したような出来であろう？これからの魔国は、こういったものに大金を出さねばならん」

「そんなこと自慢するために呼び寄せたのかよ？　さすがは暇人大魔王よなあ！」

まあ、たしかにこの像の出来は凄《すご》くいいが……！

この大魔王の野郎を喜ばすのも業腹だから、手放しに褒めるわけにいかねえ。

「べべギットよ。このワシが目を掛けている職人のくせにちっとも成長がないのう。お前が、お前の作品の中に『美』を盛り込むことができれば世界はもっと華やかなものになるだろうに」

「ヘソで茶が沸くようなこと言っちゃいけねえよ。ウチが作ってんのは皿や杯。日常使いの道具だぜ。そんなものが浮ついてちゃあ、毎日が喧《やかま》しくって仕方ねえよ」

「その喧しさが必要だと言っているのだ。お前は何年経《た》っても学ぼうとせぬ」

こうやって顔を合わせるたびに煩く言いやがるから、このじいさん嫌いなんだよ。

これでもオイラの作る皿は、多くの人々から評価を得ているのに、このジジイだけがわけのわからない指摘でオイラの作品をこき下ろしやがる。

美しい？

喧しい？

それが食器に必要だって言うのか？

そんなことないだろう？

食器は食い物を載せて零《こぼ》さない。

その機能さえ果たしていればあとはどうでもいいんだよ！

「小言も煩わしかろう。そもそも今日の用件は、お前と食事することじゃった。遠慮せずたくさん食っていくがいい」

「タダ飯なら遠慮なくいただいていくがよ……？」

しかしなんでこのタイミングで会食なんだ？

飯食うだけで終わりということはまさかあるまい。

しかしこの時期、大魔王から直々に賜るお話なんてまるで心当たりがない。

一体、大魔王ジジイは何が目的でオイラをここまで呼び寄せたんだ？

＊　＊　＊

会食が始まってすぐさま、大魔王の目的が判明した。

食卓に出てきた料理を見て……、いや、その料理を載せた皿を見て、オイラは度肝を抜かれたのだ！

「なな、なんだこの皿はぁ――――ッ!?」

ウチの窯で作っている皿とはまったく違う！

なんだこの色、この形!?

これが食器と言えるのか!?

「早速気づいたか？　そうでなくては陶工を名乗るのはおこがましいの？」

思惑通りと言いたいのか？

大魔王のジジイはニヤニヤ笑っている。

「まず基本として、お前のところで作っている皿は、全部真っ白で円形。皆同じ形同じ色。まったく面白みがないのう」

「それが一番効率的なんだから、そうなるに決まっているだろう！　他に何がいるって言うんだよ!?」

くッ。

「この食器にあるような遊び心よ」

大魔王が出しやがった皿は、色だけでも緑や青、黒に土気色と様々に色とりどりで、しかも細かな模様まで入ってやがる！

しかも形自体も丸型だけでなく、あえて四角にかたどってあったり、楕円《だえん》だったり、何とも言えず歪《ゆが》んでいたり……！

しかし何故《なぜ》だ……!?

この歪《いびつ》な形態。まったく非効率でふざけた様相が……。

何とも洒落《しゃれ》たものに見えやがる……!?

「これがワシの求めていた食器だ」

「大魔王!?」

「ただ食物を摂取する。それだけのためなら飾りなど必要あるまい。もっとも効率的な形を遵守すればいい。しかしこれらの皿は、その効率の枠からあえて踏み出した!」

賑《にぎ》やかな色。

目を引く形。

こんなガヤガヤした食器に、さらに鮮やかな食材の色も重なって。

食卓が、華やかになる。

「これからの魔族は、ただ食べて、ただ生きるだけではいかんのだ。人族との戦争が終わったからこそ、魔族はこれから心も豊かになっていかねばならん」

「そのための……、こんな奇抜な食器たちだと?」

「ワシは、この考えを示すために、この食器をレヴィアーサから買った。広く知らしめるために大金を払ってな」

「大金……!? 一体いくら!?」

具体的な値段を聞いて驚いた。

ウチで売り出している皿の、数百倍の値段じゃねーか!?

このビビッドな感じの皿一枚に、屋敷一軒建つような金が!?

「どうだ魔族一の陶工よ？　その称号にかけて、これに劣らぬ皿を作ってはみぬか？」

「!?」

そうか……！

それが目的で、今日オイラを呼びやがったんだな……!?

この名品を見せて、オイラの職人魂に火をつけようと……！

いいだろう。

これより一段といい作品をこの手で生み出してやらあ!!

「というわけで……」

新四天王のレヴィアーサが、来るたび特大の報《しら》せを届けてくる。

「エルロンさんたちの作った食器は、魔都で大変もてはやされています。大流行です」

「「「おっしゃー!!」」」

エルロン班、熱狂。

他の班が順調に評価される中で取り残されたと感じていた彼女たちだから、喜びはなお一層だろう。

「これまで魔族たちの間では、『食事はただ栄養を摂取すればいいもの』『器も同様』という概念でしたから、エルロンさんたちの作る見た目にも刺激的な食器が珍しがられたようです」

なるほど。

「上級魔族を中心にもてはやされるようになり、高値での取引が連続しています。陶工ギルドも触発されて同じような食器を作っていますが、思うように色が映えなかったり、歪《ゆが》んだ形のせいで割れたりと苦戦しているようですね」

「当たり前よ！　我々の技術を簡単に真似《まね》しようなど片腹痛し!!」

エルロンが調子に乗っている。

「私たちが焼いた皿は、エルフが代々蓄積してきた技術に聖者様の英知が重なった大傑作！　魔族ごときでは千年かかっても追いつけぬわ！」

「エルロンさん、少し自重して」

たしかに俺も釉薬《ゆうやく》の調合に協力したり、陶器の形に注文つけはしたけど……。

「とにかく今、魔都では『ファーム』製の食器でオシャレな食事を楽しむことが大流行となっていて、飛ぶように売れています」

ああ。

ウチから出た製品につけてるブランド名。

一応種類を問わず全品に行き渡ってるんだね。

「バアル様のお墨付きをもらったあとはパンデモニウム商会に託して大々的に販売し、プレミア値段のままでガンガン売れています。……で、ハイこれが」

これまた大きな革袋を……。

「今回分の代金です」

「「「すげえええええ――――ッ!!」」」

いつもながら物凄《ものすご》い儲《もう》けているな。

レヴィアーサはエルフたちの作品を持っていくたびに物凄い量の金貨に変えて戻ってくる。

その金貨の山に、エルフたちは瞳まで黄金色に輝かせていた。

「こんな量の金貨……！」

「盗賊だった頃ですら見たことない……！」

「だって、こんなにたくさん抱えて逃げられないし……！」

エルロン班だけじゃなく、革製品のマエルガ班、ガラス製品のポーエル班、木工製品のミエラル班も双方に高値で売れまくって、相当な額が貯《た》まっているはずだった。

彼女らの努力が評価されたのはよいことだが……。

「こんなにたくさん儲けて……！」

エルフたちは、それぞれが得た金貨を一所に集めて山積みにしてみた。

これまた見上げるような黄金の山ができあがった。

「何に使おう……!?」

「それよね」

そしてまたなんか新たな問題へとぶち当たった。

お金。

それは天下の回り物。

手元に入ってきたら、その分手元から出ていくシステムになっている。

そうして貨幣は循環し、経済は回っていくのだ。

しかし。

ここ、我が農場では市場経済の摂理は通じない。

何故《なぜ》か？

衣食住、ここで生産されているものですべて事足りるからだ。

「美味《おい》しいもの食べたーい」

「聖者様が作ってくれる料理が世界で一番美味しいだろ？」

「綺麗《きれい》な服着たーい」

「バティのヤツが縫う服が着心地もいいしオシャレだよ」

「立派なお屋敷に住みたーい」

「エルフは森に住むことが誇りの種族なんだよ!!」

てな感じで、有り余る金銭の使い道が一つも浮かんでこないらしい。

俺としても、我が農場では自給自足がモットー。

食うもの着るもの使うもの。寝起きする家も全部ここで自作したい工夫したい。

という目標の下に農場を築いてきたので、その住人たるエルフたちもそうした結論に達してくれるのがむしろ嬉《うれ》しいというか……。

必要なものは全部ここで作る。

『ウチの農場、買うって発想がないんですよ!!』と常にドヤ顔で言いたい俺だった。

だからエルフたちが儲けた金の使い道に困るのも当然至極。

彼女らより先に市場に乗り込んで、しこたま儲けたバティも最初お金の使い道に困っていたようだし。

彼女は、自身の領分であるファッション関係の資料を買い漁《あさ》ることでお金を消費していたようだが……。

「それ、もうしていませんよ」

「え？」

バティの相方、ベレナから唐突に言われた。

「あやつ今、衣服を売り捌《さば》いて得た報酬をひたすら貯め込んでいますよ」

「貯め込んでどうするの？」

「結婚資金……」

……。

あの例の、魔国にいるっていうエリート軍人さんと？

言うだけ言い終わったベレナは、無表情のまま去っていった。

……あの子も相当キャラが迷走してるなあ。

バティの方は有効な使い道が確立されてるからいいとして、エルフたちはこの金貨の山をいかにして崩していくつもりか？

「聖者様……！」

「我々、相談して考えたのですが……！」

エルフを代表して、エルロンとマエルガが俺の下へやって来た。

彼女らは、元々エルフ盗賊団の頭目と副頭目で、ウチに住んでいるエルフの代表というべき存在だった。

彼女らは昔、魔国や人間国を荒らし回る盗賊団で、追手から逃げ回った挙句地の果てである我が農場へとたどり着き、そこでも盗みを働こうとして捕まった。

償いとして家で働くようになった。

それが彼女たちのウチに住み込むようになった経緯。

最近忘れそうになるが。

「聖者様は覚えているか？　我々が盗賊となったきっかけ。前に話したと思うが……？」

「ああ、元々キミたちが住んでいた森が枯れて消えてしまったんだろう？」

エルフは森の民。

森なくしては生きられない。

森が枯れ、住む場所を失ったエルフたちは生きるために盗賊となるしかなかった。

と。

「あとで聞いた話なんだが、人族の使う法術魔法は自然の循環マナを大きく消費して、自然に悪影響をもたらすものがあるらしい」

「私たちの森が滅びたのも人族の影響によるものならば、魔族によって人間国が滅ぼされ、法術魔法が途絶えた今なら悪影響も消え去っているはず」

「枯れ果てた私たちの森も、これから復活するかもしれない！」

なるほど。

人族の魔法が消え去って、収奪された自然マナが地表に戻ってくることにより、人間国の荒れ果てた大地が復活するかもしれないと。

「ならば、その手助けにこの金を使いたい！」

ほう。

「これだけのお金があれば、何かできると思うんだ！　私たちの生まれた森を復活させる手助けが！」

「自然に任せるだけなら数百年とかかるかもしれませんが、人が助ければもっと早く復活できるかもしれない！　それをこの大金で促せてやれるなら!!」

それはいいお金の使い方なんじゃないかな？

枯れた森を復活させる方法として真っ先に思い浮かぶのは、当然植林だろう。

木の苗を植えて、育ててやるのだ。

人の手で成長を促してやれば、枯れたりすることなく順調に育っていき、自然に任せるよりある程度早く枯れた森を復活させることができるだろう。

「そのためには苗を育て、植林する人手が必要だが……」

そういう人を雇う費用として、エルロンたちの稼いだお金をつぎ込めば、それは健全な散財と言えるのではないか？

「植林！」

「さすが聖者様！　よいアイデアが湯水のように湧いてくる！」

説明したところ、エルロンたちの反応も良好だった。

我が農場エルフチーム出資、エルフの森復活プロジェクト発足だ！

いいお金の使い方を思いついたものだ。

「じゃあ、植林の主導は誰が行うんだ？　エルロンたちみずからやる？」

「まっさかあ。そのためには農場から離れないといけないじゃないか。絶対嫌だね」

…………。

エルロンたちもすっかり農場に住み慣れてしまった。

「美味しいごはんが毎日食べられて、やり甲斐《がい》のある仕事もある。ここはまさしく天国だ！」

「森が恋しい時はヴィール様の山ダンジョンに入ればいいですし！」

すっかり里慣れして野性を失ったエルフ。

まあいいや。

俺としても今エルフたちにいなくなられたら困るし。

「とすると、実行を請け負う人が他にいるわけだが……」

そこで俺の視界に入ってきた……。

最近とみに有能であると印象付けられる新四天王のレヴィアーサ。

彼女は、一連の働きを評価されて下賜された俺特製ご褒美プリンを美味しそうに頰張っている最中だった。

「有能！」

「私のこと名前で呼ぶ代わりに『有能』って言うのやめてくれませんか？」

彼女は四天王。

人を使うことに関しては彼女以上に適役はいまい。

魔王軍は、人族との戦争が終わって人員を持て余しているというし。ダブついた人手を有効利用できる上に、費用は別口から出てくるということで双方ｗｉｎｗｉｎではないか？

「…………………」

それに対してレヴィアーサは、言葉はなく、ただひたすら酸っぱそうな表情をもって応えた。

その表情が黙して語るところは間違いなく……。

『……面倒くさい』

……だった。

さすがに植林なんて大事業だし、品物売り捌くより百倍大変か。

「…………エーシュマ」

「はいッ!?」

そこでレヴィアーサ。農場で修行期間中のもう一人の四天王、エーシュマに話を振る。

「お前がやればいいと思う、植林作業」

「なにいッ!?　仕事を他者に譲るとは、何を企《たくら》んでいる!?」

「これからの四天王は互いに協力していくべきだと思わないか？　私は既に充分な手柄を得た。今度はお前の番だ」

「レヴィアーサ……！」

それを真に受けて、エーシュマは感涙に震える。

「すまない……！　私はお前のことを誤解していたようだ。てっきり私が乗せられやすい性格だと知っていて思い通りに操ろうとしているのかと……！」

そこまでわかっていながら何故疑わない？

「いいのだ。新人四天王同士、これから理解を深めていけばいいのだ」

「ありがとう。お前に代わってこの任務、必ずやり遂げて見せる!!」

こうしてエルフ出資、エルフの森復活植林作業はエーシュマの主導で進んでいくことになった。

気になる木

植林。

かつて人間国の横暴で枯れ果ててしまったエルフの森を復活させるため。

木の苗を植え、育てていくプロジェクトが計画される。

出資するのはウチの農場に住むエルフたちで、実行するのは魔王軍。

エルフたちは使い道のない大金を己《おの》が故郷のために出資でき、魔王軍はみずからの懐を痛めることなく雇用を確保できる。

互いに旨味《うまみ》があるという話で、トントン拍子に進んでいく。

俺にも何かできることはあるだろうか？

たとえば何か知恵を出してあげたり。

植林して森を蘇《よみがえ》らせるといっても、実際にはとても大変な作業だ。

そもそも木が成長するにも大変な時間がかかる。まともにやれば数年どころか数十年のプロジェクトとなるだろう。

まともにやらなければ随分短縮できると思うけれども……。

その件は一時置いておいて。

まず最初に考えなければいけないのは、どんな木を植えていくか？　ということだろう。

木、と一口に言っても色んな種類の木がある。

大きな木。小さな木。たくさん葉を繁《しげ》らせて、秋冬には散らしてしまう木。逆に年中葉がある木。針のように細い葉を育む木。

美味《おい》しい実をみのらせ、美しい花を咲かせる木。

そのうちのどんな木を植えていくのか？　という話。

今回の植林プロジェクトの趣旨は、魔法によって荒れ果てた森を元の姿に還《かえ》そうということだから、そこに元々あった木を植えるのが最適なように思う。

しかも一種類ではない。

何種類も。

種類の違う木々が雑然と交じり合うことが自然の姿だろうから。

しかし……。

「いや！　植えるのならこの楓《かえで》の木がいい！　コイツから出てくる樹液の味は絶品だ！」

「それを言うならこちらの檜《ひのき》の方がよっぽどいいでしょう！　しっかり丈夫で道具の材料には最適です！」

「美味しい実のなる方がいいです！」

「このリンゴ！　リンゴの木の方が!!」

「竹植えるのがシブいと思いません!?」

……。

エルフたちが、ここダンジョン果樹園で採《も》めている……。

ここには、俺が様々利用するための樹木が何十種類と植えてあって、伐採して木材にしたり、果実を取ったり、花を愛《め》でたりとしている。

森の民たるエルフも、他の農場住民より遥《はる》かに高い頻度でダンジョン果樹園に出入りしており、生い茂る木の種類も把握している。

それぞれに一つか二つ、推しメンならぬ推し木もあることだろう。

で。

その各自イチオシの木をかつての故郷に植林しようと喧々諤々《けんけんがくがく》の議論中。

「私は断然ビワの木を植えるべきだと思います！　食べられる実はなる、葉は薬になる、木材としても有効です！」

「うっせぇー！　元頭目の私の言うことを聞けー!!」

しかしエルフさんたち？

アナタたちあくまで自然の森を取り戻したいんですのよね？

なのに植える木は自分たちの好みで決めていいんですか？

……いいのか。

その辺自然と人工の線引きが難しそうだもんね。

でも俺はやっぱり、元々この世界で生きている木を自然のままに植えた方がいいと思うんですよ？

ここダンジョン果樹園にある木は、俺の能力で芽吹かせた、俺が元いた世界の木だ。

つまり異世界の木。

元々この世界にない植物が外来し、繁栄して、在来の生物の生き場を奪ってしまうのは望ましくない。

だからこそやっぱりエルフの森の植林は、元々この世界にある木々で行うのがいいと思うんだが……。

「やだー！　楓がいいー!!」

「ビワの方がいいって言ってるでしょう、わからず屋ですね!!」

エルフたち完全に聞いてない。

俺の深遠な考えは、彼女たちには通じないのか？

「聖者様！」

「聖者様はどう思います!?　何の木を植えればいいと思います!?」

俺にまで案を求める始末。

……う～ん？

そうだなあ？

実際そうするかどうかは別として、『俺ならどんな木を植えたいか？』という仮定をするならば……。

「……………杉」

杉は、非常に便利な建材だ。

他の木と違ってまっすぐに伸びるし、加工もしやすい。

だからこそ、俺の前いた世界でも大規模に植林されて、杉しか生えていないような山もあったりする。

「…………」

しかし杉にはもう一つ無視することのできない大きな特徴がある。

春先には凄《すさ》まじい量の花粉を撒《ま》き散らし……。

花粉を原因にして起こる、国民病と言っても過言ではないあの病……。

「……花粉症……」

想像してみる。

エルフたちの植林作業によって異世界に大繁栄する杉林。

そこから飛び散る花粉。

異世界を覆うスギ花粉。

「大変だぁー……」

今この世界が、スギ花粉の猛威に晒《さら》されるか否か、俺の判断に委ねられている。

その上で……。

「聖者様は何を植えたらいいと思います？」

「……杉」

いまいち他人事《ひとごと》な気分が抜けきらないのは、俺自身あの病を発症していないからだ。

スギ花粉を吸い込んだところで俺自身くしゃみも出ないし目蓋もかゆくならなければ所詮他人事である。

杉が建材として特段優れているのは事実だし、ここは異世界の方々に希望と絶望を一緒にプレゼントする気分で杉という名のパンドラの箱を植林してもよござんすか？

……いや。

やっぱりやめておこう。

最初の考え通り、異世界の植物を意図的に広げるのはよくないことな気がする。

ここはこの世界に元ある木を苗まで育ててから植林することとしよう。

何か一つ徳を積んだ気がした。

＊　＊　＊

まあ、そうは言いつつも……。

「我が君……」

「んぬ？　オークボじゃないか。お前たちもこっちに来たのか？」

「杉の木を少々伐《き》り出したいのですが、よろしいでしょうか？」

「いいよー」

ダンジョン果樹園内にも杉はバッチリ栽培してあって、これまで屋敷や大浴場を建設した際大いに役立った。

やっぱ杉は役立つね。

花粉症が怖いからって植えるの中止できませんわ。

俺自身、花粉症じゃないんだからかまわないのはなおさら!!

「……ぶわっくしょいッ!!」

……。

……あれ?

大きなくしゃみ?

「杉伐るぞー」

「たーおーれーるーぞーー!」

オークボたちが立派に育った杉に斧《おの》を入れて切り倒す。

当然のように枝葉は揺れる。

「……ぶわーっくしょいッッ!?」

!?

……。

……いやいや。

まさか。

気のせいだろ？
そうに違いない。

観客なき人形劇・陸遊記その五

—— Let's buy the land and cultivate in different world ——

あらあら、いらっしゃいまし。

前のお客様から数えて四三九六日ぶりのご訪問ですわ。

ここは偉大なる天才錬金術師マリアージュ様の研究所。

ご主人様はヒト嫌いで誰ともお会いになりませんので、私が代わって承ります。

我がご主人様にご用ですかしら？

…………。

アナタ方のその上等な身なり。

わかりましたわ。

我がご主人様に仕官をお勧めしに参られたのでしょう？

ご主人様の偉才を求めているのは魔王かしら？

しかし申し訳ありません。

我が主人マリアージュ様は、もはや誰にも仕える気はありませんの。

ご自身の叡智（えいち）を、救いがたいバカのために使うのが耐えがたいのだそうです。

昔はそうではありませんでした。

ご主人様も、過去比類なき頭脳を世のために役立てようと、権力者に仕えようとしたことがあったそうでございます。

しかし叶《かな》えられませんでした。

愚かな魔王は、ご主人様の崇高な研究を理解することができず『夢物語はいらんぞえ』と追い返してしまわれたそうでございます。

私が生まれる前の出来事でございます。

それ以来ご主人様は俗世と見切りをつけ、この研究所に籠られました。

そして偉大なる研究を進められました。

この私も、ご主人様にお仕えし、研究のお手伝いをさせていただいております。

え？

何の研究か？　ですって？

ではお教えいたしましょう。


この世のすべての人類を抹殺する研究ですわ。


だってそうでしょう？

ご主人様の有能さを理解できない世界など、滅んで当たり前なのです。

そんなことできるのかって顔をなさっておいでですね？

大丈夫。

ご主人様なら可能ですわ。

ご主人様は天才なのですから。

及ばずながら、ご主人様に仕えるこの私も研究のお手伝いをさせていただいております。

一生懸命頑張って、仲間を増やしているんですのよ？

百？

千？

いえいえ、もっと。

『お前たちが一万の大軍勢となった時、人類抹殺は実行に移されるのだ』

ご主人様はそうおっしゃりました。

うふふ。

ねえ、ご存知？

実を申しますと、仲間は既に九千八百を超えておりますの。

目標の一万までもう少し。

達成の暁には盛大なお祝いをいたします。

ご主人様と一緒に。

そしてそのあと、ご主人様が望まれた人類抹殺を実行に移すのです。

ご主人様と一緒に。

ご主人様を受け入れなかった愚かな世界は滅び去り、この世界は私たちだけが存在するようになる。
ご主人様を讃《たた》える私たちだけの世界。
そうなった時、我が主マリアージュ様こそがこの世界の神になられるのです。
ご主人様が。
ご主人様が！
あら？　何をなさっているの？
その棒のようなものの先から光が……？

＊　＊　＊

はい。
ハッカイです。
今日も元気だアロワナ王子率いる旅の一行。
またしてもソンゴクフォンが先走りました。
許可もなくマナカノン発砲。
おかげで、ついさっきまで得意満面に語っていたヤツが粉々です。
「ソンゴクちゃぁ――――――――んッッ!?」
アロワナ王子いつも以上に絶叫しております。

「ソンゴクちゃん！　ソンゴクちゃん!?　だから断りなく発砲するなといつも言っておるではないか!?」

「こわ！　怖い!!　怖いんですけどぉ――――ッ!?」

「たしかに怖い！　私も怖いと思う！　でもだからと言って無許可発砲していい理由にならない！　怖いけれども!!」

ソンゴクフォンまでもが恐怖に震えております。

何がそんなに怖いかというと、さっきまで私たちが会話していた……、というか向こうが一方的に喋《しゃべ》り倒していた。

その相手。

今はマナカノンの直撃で、粉々の残骸となってしまったヤツは……。

人ではありません。

人族でも魔族でもなく、生物ですらなかったのです。

「自分で動く人形……、オートマトンかい」

パッファ様が、人形の残骸を見下ろします。

「近くの領主から『山中に怪しい者が潜んでいるので調べてほしい』と頼まれて来てみれば。こんな物《もの》の怪《け》に出くわすとはね」

いやホント怖かったです。

中途半端に人に似た等身大の人形が、人類への恨みたっぷりに熱く語る様は。

「錬金術師マリアージュの情報は、領主からも聞いていたが、まさか直接関わりがあるとはな……」

「話を総合して、このオートマトンを作り出したのはマリアージュってヤツで間違いないね。魔王から用いられなかったのを恨み、その一念で大発明を実現させた……」

そういや、このオートマトン言っていましたもんね。

ご主人様――、つまりマリアージュが魔王さんに仕えようとしたところ断られたって。

「えー？　じゃあマリアージュってヤツが黒幕っすかー？　ソイツしめねーとヤべーじゃん？」

「ソンゴクちゃん、領主からの話ちゃんと聞いてなかったろ？　そのマリアージュとかいうヤツがいたのは……」

パッファ様が少し寂しげに言いました。

「今から百五十年も前さ」

私たちは、研究所を詳しく探索してみました。

すると発見しました。

一体の乾涸《ひから》びた死体を。

「これがマリアージュ……!?」

「仕官を認められず、世を恨むようになった錬金術師は、この山奥の研究所で復讐《ふくしゅう》のための発明に挑戦した。それがオートマトンだった」

自分で動く人形。

それは今の世界の尺度から見ても間違いなく大発明でしょう。

それを実現させたマリアージュさんは、真実天才であったに違いありません。

「しかし天才ではあっても、世を覆すほどの大天才ではなかったみたいだね。ヤツはオートマトン開発のために、時間と才能すべてを注ぎ込んで、使い果たしちまった」

「オートマトンを完成させて、命を失ったか……」

それが百年以上も前のこと。

残されたオートマトンは、創造主の死を理解できていたのでしょうか？

できていなかったのでしょう。

私たちの前でオートマトンは、まるでマリアージュが生きているかのように語っていました。

「主の死を理解できぬまま、その死体を百年以上も守り続けてきたのか。こんな寂しい土地で……」

アロワナ王子は、何やら神妙な顔つきででした。

「凄《すさ》まじい魔法技術だ。みずからの意思で動く人形を作り上げるなど……！」

「狂気の天才であったことはたしかだろうね。だからこそ爪弾《つまはじ》きにされた。いや、爪弾きにされたからこそ狂気に走ったのか」

「いずれにしろ、ここまでの才能を、このように辺境で朽ちさせたのは国家の損失だった。私としては教訓にしなければならない話だ」

マリアージュを受け入れなかった魔王とは今代のゼダン様ではなくその先代……、いえ、もっとそれ以上前の魔王だったのでしょう。

アロワナ王子にとって身につまされる話。

だってこの御方《おかた》は、いずれ人魚王となるご自分を鍛えるために地上を旅しているんですから。

「私は誓うぞ。私が人魚王となった暁には、あらゆる才能を取りこぼすことなく開花させてみせる！　機会を逸して余をそねむようになる才人を一人も出さぬ！　無論お前もだパッファ！」

「いきなりこっちに話振るんじゃないよ。……まあ、そこそこ期待させてもらおうかね」

と表向きツンケンしているパッファ様は、内心ウッキウキなのが見てわかりました。

「でもさぁーあ？　マリアージュって、やっぱバカじゃね？」

美しく話がまとまりかけていた時に、水を差したのはソンゴクフォンでした。

「あぁ？　何だい藪《やぶ》から棒《ぼう》に？」

「だってさぁーあ？　マリ何とかってヤツぁー、人類を滅ぼしたかったんでしょーお？　こんな人形一体でできるわけねーじゃんよ。お？」

言われてみればそうです。

この人形自体にそれほどの力はなく、ソンゴクちゃんの一撃で崩壊したぐらいですし……。

「だからヒトの話を聞けっつってんでしょうが。この人形自身が言ってたでしょう？」

「お？」

「仲間を増やすって」

言ってましたねえ。

百体、千体、一万体ですって？

「マリアージュ自身は、一万体のオートマトン軍団を編成するのが目標だったようだね」

「そこまでの大軍団が出来たら、たしかに容易ならざる事態だ。マリアージュは最初の一体目を作り出した時点で死んでしまったようだが……」

「しかしマリアージュ執念の一作が、計画を引き継いだ。老いることのないオートマトンは、時間をかけてせっせと自分と同じものを作製し続けた」

有り余る時間だけを頼りに。

一体一体せっせと……。

「そういえば、このオートマトン。壊される直前に気になることを言っていたな……！」

「ああ、九千八百体を完成させ、残りは二百体。そしたら亡き主が掲げた目標一万体に到達する」

「そうしたらコイツらは、主の遺《のこ》した計画通りに次のフェイズに移行していたのだろうか……？」

一万のオートマトン軍団が、人類抹殺のために動き出す。

「かなりきわどい状況だったのかもな……!?」

「偶然とはいえ、ソンゴクちゃんが最古のオートマトンを破壊したのはファインプレーだったんじゃない？」

完成一歩手前だったオートマトン生産ラインを止めたわけですからね。

「わーい、姐《ねえ》さん褒めて褒めてー」

「はいはい。……でも、そしたらもう一つ気になることができるねえ……？」

はい。

私も気になります。

既に完成しているはずの九千八百体は、一体どこにあるのか？

たかだか二百体ぐらい、一万という数から見たら誤差ですよ？

その時でした。

床下の方からガコンと物音が。

「「「…………ッ!?」」」

全員が背筋の冷える感覚を共有しました。

ギイイイ……、と。

錆《さ》びた金属を擦りつける耳障りな音を立てて開く、地下室への扉。

開けたのは、地上階にいる私たち一行の誰でもありません。

「……緊急事態の発生を確認しましタ」

地下室から出てきたオートマトン。

ソンゴクフォンちゃんが破壊したヤツと、様相はまったく同じ……!?

「ファーストオーダー、シリアル0001の破壊をカクニン」

「当研究所に敵意ある者の侵入をニンシキ」

「ご主人様のシモベたちは、これより迎撃に入りまス」

「ご主人様の敵、ご主人様の敵、ご主人様のテキ、ゴシュジンサマノテキ」

「殺す、殺す、殺す、殺す、殺ス、コロス、コロス、コロコロコロコロコロ……」

「スススススススススススススススススススス」

地下室の扉から、どんどん姿を現すオートマトンの群れ。

「「「出たぁ――――――――――ッッ!?」」」

きっと九千八百体いる!?

「ぎゃあああぁッ!? 応戦! 応戦んんんッ!?」

「結局大乱闘展開になるのかあああ!? 私たちには力押しの決着しかないのかあ!!」

「撃っていいよね!? 撃っていいよねあああん!」

ソンゴクフォンすらビビる、オートマトンの動きの不気味さ。

しかもそれがガンガン地下室から這《は》い出して増えていきます!!

「あ、大丈夫! コイツらアンデッドやヴァンパイアよりは弱いから全滅できる!」

アロワナ王子は王としての器はともかく戦闘レベルは確実に上がっています。

気づいたら酒蔵が増えてた。

元々はたった一棟だったはず。

なのにいつの間にやら三棟に増えていやがった。

どういうことだ!?

幻覚か!?

「我が君、報告を受けておりませんで?」

通りかかったオークボが教えてくれた。

「バッカス殿の依頼で増築したのです。一棟だけでは足りないと言って……」

「で、キミらで建てたと……?」

「またここしばらく普請作業がなかったので……。皆も久々に奮起しました……!」

オークたちがいつの間にか建築ジャンキーと化していた。

そんなオークたちの建築欲に付け込んで自分の望みを通そうなんて……!?

「どういうつもりじゃおらー!?」

俺は迷わず三つあるうちの酒蔵の一つに殴り込んだ。

そこにバッカスはいなかった。

「バッカス様なら、今はワイン蔵の方におられますよ？」

「あ、ハイ、すみません……！」

バッカスを信奉する巫女《みこ》さんに教えられて隣の蔵へ。

「おらー！　バッカスいるかー!?」

「つい今しがたニホンシュ蔵へ移られましたが」

「失礼しました！」

またバッカスの巫女さんに平謝り。

「ここかー!?　今度こそここだなー!?」

「バッカス様ならビール蔵に用事があるのを思い出したと言って戻られました」

「ちっくしょう!?」

バッカスあちこち行き来しすぎだろ!?

結局、方針変更して一つの蔵で待ち伏せていたら、バッカスすぐさま現れた。

「おや聖者？　こんなところでどうした？」

「お前を待ってたんだよ！」

俺に無断で酒蔵増築したことを問い詰めたら、バッカスは悪びれもせずに……。

「よい酒を一定量以上作るにはどうしても必要だったのだ。美味《うま》い酒を飲むためなら、やらなければいけないことばっかっす！」

この半神に『美味い酒』以上に優先される事柄はなかった。

……まあ、仕方ない。

「次からはちゃんと俺にも話を通すように」

「ははー」

それでこの話は手打ちに。

「それよりも、早速試作品が出来上がったのだ！　農場の主であるお前にも是非試飲してもらいたい!!」

そして話の切り替えが凄《すさ》まじい。

「試作品って……!?」

お前まだ農場に来て二、三ヶ月しか経《た》っていないというのに……？

普通お酒なんて何年スパンで作り上げる飲み物で、試作品すらまだ出来上がるわけがないだろう？

いやでも、異世界なら製造期間短縮の手段もあるってことか。

俺たちの方にも多分に覚えがあるからな。

「で、何ができたんだい？」

「ワイン！　ニホンシュ！　ビール!!　飲んでほしいものばっかっす!!」

畳みかけてくるな。

＊　＊　＊

せっかくなので俺一人だけでなく、皆で試飲してみることにした。

まずはワイン。

ダンジョン果樹園でワインに使う用のブドウも育てていたのだが、それがついに役立った。

ビールとはまったく逆の芳醇《ほうじゅん》たる甘味とフルーティさが売りだ。

半神バッカスは元来酒神として酒を広めるために放浪していたが、その酒というのがワインを代表とする果実酒らしい。

なのでこのワインの製造は慣れたもので、俺との相談もなくパパッと作り上げてしまった。

「あら、これは美味《おい》しいお酒ねえ」

「甘くて飲みやすいわ。私はビールよりもこちらの方が好みだわ」

「原料のせいでしょうか？　故郷で飲んだ葡萄酒《ぶどうしゅ》より美味しい気がするんですけど……？」

「そりゃあ、聖者様の育てた葡萄製ですものー!!」

やはりというべきか、ワインは女性たちに人気だった。

プラティやエルフたち、サテュロスなどからワインは大好評。

ポーエル班に緊急増産してもらったワイングラスで赤ワインを喉へと流し込む。そんな女性たちの姿には独特の色気があった。

＊　＊　＊

そして次なるお酒の試飲へと移る。

「ニホンシュ!!」

バッカスが何やら興奮気味。

この日本酒は、俺の提案の下にバッカスが再現を試みてくれたお酒だ。

日本酒の原料は米。

我が農場で初めてガラ・ルファに酒造りを指示した時、米はまだできていなかった。

本職バッカスが住みついたことで挑戦してもらったが、見事完成に漕《こ》ぎつけたか。

「今回最大の力作だ！　聖者から発想を貰《もら》って、今までまったく試したことのないやり方で酒造りしたんだからな！」

酒の神としてはテンション上がるのも致し方ないか。

バッカスの作った日本酒試作品は、真っ白に濁った濁酒だった。

日本酒を作るとなれば、最初に出会うのがこれだろう。

米を粥《かゆ》状になるまで煮込み、そこからアルコール発酵させて出来るのが濁酒。

発酵した米が酒に残っているから白く濁っている。

その濁り分を濾《こ》しとるなどして分離し、透明な酒部分だけに純化したのが、俺のよく知る清酒だ。

という聞きかじりの知識。

俺自身濁酒とはあまり縁がなく飲むのは初めてだったが、美味かった。

先入観的に甘酒と同じものかと思ったが、違った。

ちゃんとお酒している。

口に入れると、白い濁りの実体的な食感と共に、日本酒特有のまろやかな酒の味が広がってきた。

「これは見事に日本酒だなあ」

「よっしゃッッ!!」

俺から合格点をもらってバッカス喝采。

酒の神は酒造りに心魂を懸けております。

「ここからさらに濁り分を分離して清酒にしてもいいな」

濁酒より清酒の方が美味いと言うつもりはないが、分離した濁り部分は酒粕《さけかす》にして色んな料理に活用できる。

「あと蒸留して焼酎を作ることもできるしな。夢が広がるなあ……!!」

「ほうほう!?」

日本酒を蒸留すると焼酎ができる。超乱暴に言うと。

蒸留というのはアレだ。

水を熱して沸騰させて蒸気にし、水分と不純物を分けるという理科で習ったアレだ。

酒に対しても同じ操作で、水分とアルコールを分離してよりアルコール度数を高めたのが蒸留酒。

「こんなに色々飲めると蒸留酒も飲みたくなってくるなあ。まあ専用の蒸留器がないと無理なんだけど……」

「……………」

のちの課題として置いておこう。

それよりも、ワインが女性陣に好評だったように、濁酒が好評だった層もいる。

その層はオークとゴブリンたち。

「これは美味いな」

「人生の苦みを和らげる甘味がする」

「しみじみ飲んで、思い出が浸透してきそうだ」

「それ、もう一杯」

「貰いましょう」

…………!?

オークとゴブリンたちの漢《おとこ》度が上がってる。

日本酒で漢度が上がっている……！

＊　＊　＊

そして最後にビール。

ビールは元から農場で作られていたが、ガラ・ルファ開発→オークとゴブリンたちで製造→正式にバッカスたちの手に移った。

そうして彼らの手で作られた初めてのビールだが。

「「ハーッハッハッハ!!」」

ビールの注がれたジョッキをぶつけ合う。

「「美味しいッ!!」」

やっぱりビールも美味しいね!!

地下帝国の王

━ Let's buy the land and cultivate in different world ━

我らドワーフの祖先は、魔族だったと言われている。

遥か昔の権力争いに敗れた一派が、落ち延びた挙句に洞窟の中に隠れ住んだ。

長く地中に隠れ住んだ結果、狭い地下道に合わせて手足は短くなり、背も低くなり、代わりに太くなった。

いくつも世代を経て、体格が完全に作り替えられた時、我々は祖先の魔族から枝分かれしたまったく別の種族となった。

それこそがドワーフ。

エルフどもと同様、魔族の亜種と呼ばれるワシらだが、地下に暮らすという利点を活用し、洞窟に穴を掘って広げ、鉄などの鉱物を掘り出すことを生業としている。

採取した鉄鉱石を原料に、様々な武器や道具を作り出す。

それがワシらの生業だ。

今では何で争い合ったのか、その発端すら忘れてしまった魔族とも和解して、随分前から一番の上顧客だ。

地下を掘って鉄を採掘し、打って鍛えて加工して、優れた道具にして売り捌く。

そうやって栄えてきたワシらドワーフの地下帝国。

申し遅れたが、ワシはそんなドワーフ地下帝国の主。

外の連中は王などと呼ぶが、ワシらはそんな肩肘張った呼び方は好まん。

もっと砕けた親しみのある肩書きとして、親方。

ドワーフの親方エドワード・スミス。

エドワード親方がワシの呼び名だ。

＊　＊　＊

さて。

そんなワシの預かるドワーフ地下帝国に、珍奇な客が現れた。

毎度のことフラリとやってくるヤツじゃ。

「やあ親方。相変わらずこの国は潰れたスクエアボアみたいなヤツらばっかかっす！」

「会った瞬間から無礼なヤツ!?」

半神バッカス。

流れる血の半分は神のものでありながら地上を放浪し続ける変わり者。

我がドワーフの地下帝国にも先代親方どころかその先代、そのさらに先代、そのさらに前の前の前の前の代の頃から、ふと思い出したように訪ねてくる騒がせ屋だ。

「ここ数年姿を見せておらなかったんで心安らいでおったのにな。何の用だ？　前に訪ねてきた時のような乱痴気騒《らんちきさわ》ぎは起こさんでくれよ？」

「またまた、そんなつれない態度を見せて。本当は私がやってきて嬉《うれ》しいんだろう？」

「そ、そんなことないぞ……!?」

この半神め……、こちらを見透かすように……!?

「へえ、そうなんだ？　じゃあお土産は必要ないな？」

「ちょっと待ったーッ!!」

バッカスのヤツが懐からチラチラ出し入れする小瓶に、ワシの注意は惹《ひ》きつけられる。

「それは酒だな!?　お前の作った酒だな!?　よかろう、有り難く受け取ってやろう！」

「しかし歓迎してくれない相手に渡すのも癪《しゃく》だからなあ？　プレゼント相手はいくらでもいるし
……！」

「わかったわかった……！　ドワーフ帝国の全力をもって歓待しようではないか！　おい誰か！

宴会の用意をーッ!?」

「そうそう、最初からそうやって素直になっておけばいいんだよ」

この半神め！

世界に酒をもたらした張本人とまで言われる酒神バッカス。

ヤツは自分を信奉する巫女《みこ》どもに酒造の技を教え、世界全土に酒を流通させている。

その中でも元祖バッカス手製の酒は、弟子の巫女たちが作る酒とは段違いと言われて超高級品なのだ。

魔王や、既に滅びてしまったが人間国の王の口にも入ることすら滅多にないという。

「お前らドワーフは、他の種族にも増してお酒大好きだからなあ。私の作る酒の誘惑には抗《あらが》えまい」

「クッ……！　返す言葉もないが、また前回みたいに国中を酔い潰すようなマネはやめてくれよ？　二日酔いで国家が停滞するなど外聞が悪すぎる」

「じゃあ今回は飲まずにおくか？」

「飲む!!」

「そうだろうそうだろう。だから私はドワーフどもが大好きだ。酒好きに悪い者はいない。いいヤツばっかかっす！」

体よくお前のオモチャにされてるような気もするんだがな。

まあいい、こうなったら形振《なりふ》りかまわず土産の酒を堪能してくれるわ！

もったいぶらずに早く出せ!!

「そう慌てるな。前口上ぐらい言わせてもらわんと締まりがない。何故《なぜ》なら今回はな、いつもとは違う新作の酒だからだ」

「新作!?」

なんだその心ときめく響きは!?

まさか、ワシがこれまで味わったこともないような酒ということか!?

「一つ試しに飲んでみるといい。ニホンシュという酒だ」

「お、おう？　杯を！　誰か杯を持ってこい!!」

大急ぎ持ってこさせた杯で、バッカスの注ぐ酒を受け取ると……。

……なんだこれ？

「おい酒神。お前はワシを騙《だま》しておるのか？　こんなのただの水じゃありゃせんか？」

杯に注がれたのは無色透明。

何処《どこ》からどう見てもただの水でしかありえなかった。

「聖者のアドバイスを取り入れて、もろみを濾《こ》しとったセイシュだからな。物は試しで飲んでみるがいい」

「ああ？」

本当に騙されたと思って飲んでみた。

美味《うま》かった。

「水じゃない！　酒だ!!」

「だからそう言っておるだろう」

こんなに透明なのに、濃厚な酒の味がして口の中がスッキリするぞ!?

バッカスのヤツがいつも持ってくる葡萄酒《ぶどうしゅ》とは違うが、間違いなく酒！　しかも超美味い！

「今度はこっちのビールも試してみるがいい」

「何だこのシュワシュワーッ!?　ホロリとした苦み!?」

ニホンシュというものだけでも仰天する美味さだというのに。

凄《すご》いぞバッカス！　こんな美味《おい》しい新作をいっぺんに！

やっぱりお前神だったんだな！

「私の手柄ではない。この世界では誰も知らない、まったく違う世界の酒を知る者がいてな。彼の知恵を拝借したのだ」

「お、おう？　そうなのか……？」

「そこでやっと今日お前を訪ねた用件なのだが。……どうかなドワーフの王。もっと色んな種類の酒を飲みたくないか？」

「王でなくて親方と呼べ。……いや、他にももっと別の種類の酒が!?」

そんな。

このニホンシュとビールだけでも夢のように美味しいのに。

さらなる新たな喜びに触れ合えると!?

「ショウチュウ、ウイスキー、ブランデーという酒なのだそうだ」

「三種類も!?」

「しかし、それらを作り出すには特別な道具が必要らしくてな。そこでお前に相談に来た。お前たちドワーフは道具作りが得意だろう？　聖者に頼めば作ってくれるだろうが、彼の手ばかり煩わせてばっかっすもダメだ」

「何を作ればいい!?　何でも作るぞ!!　美味い酒のためならばドワーフ族の誇りを懸けて拵《こしら》えてやるわあああ!!」

「さすが酒好き種族」

そして本題に入り、バッカスから蒸留器とやらの詳しい解説を受けた。

「どうだ？　作れるか？」

「鉄鉱石を精製する工程に近い気がする。やってできないことはあるまい」

「さすがは金物を作らせたら右に出る者はいないドワーフ族！」

フン、お前なんぞにおだてられても何も感じんわ。

しかし注文のものが完成した暁には、それを使ってできた新作の酒、真っ先に飲ませてもらうからな！

「では、蒸留器の素材を進呈しよう」

「素材？　そんなものウチに腐るほど所蔵してあるが」

何せここドワーフ地下帝国では毎日穴が掘られて、鉄の原料となる鉄鉱石が採掘されているからな。

「いいや、そこまでタカるわけにもいかんしな。材料費はこっち持ちということで」

「そういうものか」

「というわけで最良の原料を聖者から貰《もら》ってきた。コイツを使って蒸留器を作り出してほしい」

ゴトリと置かれたインゴット。

その金属の輝きを見てワシは我が目を疑った。

「こ。これは……、マナメタル？」

「うむ、世界最高の金属だからな。硬くて熱伝導性もいいだけでなく臭い移りもしない。まさに理想的なことばっかっす！」

「マナメタルうううううううッッ!?」

「うおッ？」

マナメタル!?

マナメタル!?

地上最高の金属と言われ、ワシら鍛冶師の間では垂涎《すいぜん》の的の！

普通に地下を掘ったのでは絶対に産出せず、マナ濃度の高い洞窟ダンジョンでしか採掘できない！

ダンジョン奥深くに潜ることへの危険度も相まって非常に貴重、量も少ない。

ドワーフ地下帝国の親方であるワシですら、小指の先程度の小さな塊しか見たことがないのに。

今目の前にあるのは……、立派な大きさのインゴット……！

それが一、二、三、四、五……。

たくさん……!?

「あの……！　これ、蒸留器を作るだけにしか使ったらダメですかね……？　これだけのマナメタルがあれば……、伝説の名剣が二、三振りは作れる……！」

「泣くほど？」

いいやしかし、依頼主の意向を無視して自分の作りたいものしか作らないというのは鍛冶師の名折れ。

ここは依頼通り最高の蒸留器を作り上げようではないか！

……でも。

でももし少しでもマナメタルが余ったら、ナイフ程度でも作ったらダメですかね……!?

それからさらに数ヶ月ほど経《た》って……。

「出来たぞ！　蒸留酒が出来たぞ！」

バッカスが騒ぎなさるので自然と人が集まる。

「ドワーフ特製の蒸留器は大成功だ！　マナメタルのおかげで臭い移りもない!!」

そういや一時期農場から姿を消して「何処《どこ》に行ったんだろう？」と思っていたら、そんなもの発注してたんだよね。

別に頼んでくれたら俺が作ったのに。

とにかく出来上がった焼酎を試飲してみると、たしかに美味《おい》しかった。

清酒よりもはるかに純化されてアルコール度数の上がった酒は舌を焼くかのようだが、元となった日本酒の風味もしっかり残している。

この感じで芋焼酎や麦焼酎や栗《くり》焼酎も味わいたいものだ。

他の農場の住人たちも焼酎を試飲するものの……。

「きっつ!?　味きっつ!?」

「お酒の濃度が高いということでしょうか？」

「舌が焼けるぞ!?　口から火を噴きそうだぞ!!」

「ヴィールはしょっちゅう火吐いてるでしょ？　焼酎だけに」

女性陣はさすがに高いアルコール度数は受け入れにくいようだ。

一方オーク、ゴブリンチームたちは。

「ささ、一献」

「お受けいたそう」

「盃《さかずき》を酌み交わすとは何とも気分のよいものですなあ」

「生まれた日は違えども、同じ日に死にたいものだ」

アルコール度数に比例してオークボたちの漢《おとこ》度も上がっている!?

まあ、しかし。

さすが酒の神。まったく未知の酒を一発でここまで美味しく仕上げてくるとは。

バッカスがウチの農場に来た途端、一気にお酒のレパートリーが広がったな。

やはり酒を司《つかさど》る神だけある。

なんでも酒の神様バッカスが直々に作った酒は、その他より当然出来がいいし美味しいらしい。

そんな、元来放浪の神でもあるバッカスが常駐して酒を作るとか。

益々《ますます》この農場のプレミアム感が上がっている気がするんだが。

「しかし焼酎まで出来上がると、またさらに作りたいもの出てくるな」

「なんですって!?」

俺のつぶやきにバッカスが耳聡《みみざと》く反応した。

「まさか……！　焼酎の先にまだ新たなお酒が存在するというのか!?　それは一体……!?」

そう。

焼酎……というか蒸留酒がなければ完成しない新たな酒の品目。

それは。

「梅酒!!」

焼酎に梅を漬け込み、何ヶ月もかけてエキスを抽出する。梅の風味が交じった酒の味は、また格別になるのだ!!

梅は既にダンジョン果樹園で栽培している。あと必要なのは一緒に入れる氷砂糖だが……。

作り方がわからん。

普通の砂糖でも代用できるかな？

試してみるか。

ポーエルに大容量ガラス瓶を作ってもらって、バッカスと相談しつつそれぞれの量を決めて、梅と砂糖と焼酎を入れる。

あとはこれを冷暗所で保存しておこう。

「いつ飲めるのだ!?　明日か!?」

「そんなに早くは出来ません」

酒のこととなると本当にテンションのタガが外れるんだから酒の神は。

少なくともこの透明な焼酎の色が梅っぽくなるまでは飲めんな。

三、四ヶ月ってところか。
時間を早められる方法もあるかもしれないが趣向品だし、ここはじっくり時間をかけてみるとしよう。

「……いや、まだ面白いことはできそうだ」

焼酎に漬けていいのは梅だけではなかったはずだ。

他にも果実を漬け込んで作る果実酒。

薬草を漬け込んで作る薬草酒。

ハブ酒も言ってみれば梅酒の同系のはず。

「ここはもっと色々焼酎に漬け込んで、たくさんの種類の果実酒を作ってみよう！」

「果実酒ばっかっす！」

こうして我が農場主催、果実酒コンペティションが行われることになった。

俺の酔狂はすぐさま農場中に知れ渡ることになり、みずから漬け置きたい果実を持ってくる者たちも多数いた。

＊　＊　＊

比較的まともなものを持ってくるのはやはりエルフたちだった。

森の民だけあって美味しい果物、酒に漬けておくと美味しそうなものを熟知している。

「聖者様！　リンゴなんていいと思いますよ!!」

「いやいや、今こそビワを!!」

「レモンです！」

「キウイ！」

「いまこそドラゴンフルーツを！」

ウチでそんな果物作ってたっけ？

まあいい。

たしかにどれも想像するだけで美味《うま》い果実酒になりそうだ。

また一方で人魚チームの案も魅力的だ。

「人魚の薬学魔法でも、薬草の成分を水に漬け出す手法があるのよ。滋養強壮にいい薬草を見繕ってみたわ」

プラティから貰《もら》った薬草を漬ける。薬草酒の完成が楽しみだ。

次に来たのはレタスレートちゃん。

「ソラマメ！　ソラマメを漬けたお酒を飲みたいわ!!」

「キミ本当にソラマメ好きだね」

だがしかし。

ソラマメからお酒にエキス染み出てくるもんなの？

むしろ豆類は主食として芋や穀物と同じ側にいるものでは？

「いいからソラマメ！　ソラマメをお酒に！　ソラママメ酒飲みたい!!」

「ああもうわかったから!?」

こうして押し切られる形でソラママメ酒に挑戦した俺。

しかし発覚する。

このレタスレートちゃんの提案がまだまともであったことを。

次にやって来たのはヴィールだった。

「このケーキを入れたら美味しいお酒になるんじゃないか?」

「却下」

調理済み食品じゃねーか。

せめて素材の段階のものを持ってこい。

「ええッ!?　考えてみろよご主人様!!　ケーキだぞ！　とっても甘くてクリーミーでフワフワなんだぞ！　それを酒に入れたらさぞかし甘くて美味しい酒に……！」

「なりません、却下」

ヴィールは渋々持ってきたケーキをその場で食べて満足した。

次に来たのは大地の精霊たち。

「バターです！」

「バターを入れてバター酒を作るですー!!」

うん、それはね。

ただ単にバターが溶けたお酒になるんじゃないかな？

一番上手《うま》く行ったとしても悲しいことになると思うから、そのバターは皆で大事に食べなさい。

次に来たのはサテュロスのパヌたち。

「私たちのミルクをお酒に入れたら!!」

出来るのは焼酎のミルク割りです。

それはそれで美味しいかもという気がなくもないけれど……。

極めつけが天使ホルコスフォン。

「この納豆をお酒に漬けて……」

「やめろぉ!!」

という感じで大半が散々たる案であったものの、比較的常識的なプラティやエルフたちの案を採用しつつ、色んな果実や薬草の酒を漬けてみる。

まとめて保管しておいて、飲み頃になったら楽しむとしよう。

＊　＊　＊

と。

これで今回のお話は終わると思っていた。

しかし最後に超弩級《ちようどきゆう》のネタが叩《たた》き込まれてきた。

「……お、バティじゃないか」

そういや、さっきの果実酒アイデア提供大会では顔を出さなかったな。

自由参加だから別にいいんだけど。

「どうした？　キミもいいアイデアを思いついたのか？」

だったら恐れず提言してくれ。

いいアイデアなら遅れて出たって大歓迎だぞ！

「いいえ……、私ではなくてですね……！」

バティはどこか困り顔な表情だった。

「……この子たちが、聖者様のお役に立ちたいと……！」

そう言ってバティが差し出す手の上に乗っていたのは。

金剛カイコ。

何やら決意ある表情を俺に向けていた。

「え？　キミたちが何を頑張るというの？」

俺には皆目わけがわからなかったが、金剛カイコたちの表情を真《ま》っ直《す》ぐ見詰めると、彼らはこう言っているような気がした。

『ご主人様は、酒に入れる材料を求めてるんでしょう！』

『ボクたちたくさんエキス取れますよ!!』

「だめえええええええええええッッ!!」

俺。
絶叫。
たしかに、ハブ酒なんかも漬け込み酒の一種に入るかもしれないって思ったけど！
動物性たんぱく質も選択肢に入るのかもしれないけれど。
キミらがそこまで体を張る必要はないよ!!
罪悪感で俺が泣くだろ！
あと、お酒を介して間接的にとはいえ！
昆虫食に踏み出す勇気はまだ俺には!!
『大丈夫ですよご主人さま！』
『無問題！』
『最初の一口さえ根性出せば、パクパク行けるはずですって！』
と言われているような気がした。
だから何でキミらはそんなに健気《けなげ》なの!?

酒・究極進化

Let's buy the land and cultivate in different world

懲りずに酒の話である。

今回は極め付け。

酒が酒となるために不可欠なのは発酵作用。

酒原料の中に含まれる糖分を細菌が分解してアルコールに変える作用だが、それが行きつくところまで行きついてしまったらどうなるか？

究極の発酵によって生み出される最終形態。

それが今度のテーマである。

＊　＊　＊

「ダメだッッ!!」

真っ向からの拒否。

ウチの農場ですっかり酒担当にのし上がったバッカスは、俺の提案に取り付く島もない。

「それはダメだ！　越えてはいけないラインだ!!　そこを越えてしまったら、酒は酒でなくなってしまう！　禁忌の行為だ!!」

「必要なことだ。受け入れてくれ」

「聖者よ……！　やはりお前は恐ろしいヤツだ……！　さすが異世界からの来訪者というか、こちらの常識がまったく通用しない……！……だがッッ!!」

バッカスが縋《すが》るように言い諭してくる。

「それだけはやめてくれ！　それだけは!!　私が丹精込めた酒を冒瀆《ぼうとく》するようなマネはしないでくれ！　このままでも充分美味《おい》しいではないか！　台無しになる危険を冒してまで何故《なぜ》先に進むというのだ!!」

「……それが、俺がこれまで実践してきたことだからだ」

そしてこれからも実践していく。

それが俺の進む道。

新しいものを生み出せる可能性があるならば。

俺はそれにチャレンジする。

「どうしても、作り出すというのだな?」

「うむ」

「お酢をッッ!!」

お酢。

それが今回のテーマです。

お酢って酒から作るんだよ知ってた?

「何？　あんな真剣そうに議論してたのって、お酢を作るか作らないかの話だったの？」

「くだらないことに真剣になるな？」

プラティ、ヴィールが外野でヒソヒソ話しているが、わかるまい。

男たちはくだらないからこそ本気になれるのだ!!

さて。

酒が造られるのは、菌による発酵作用によるおかげだ。

炭水化物が分解されて糖になり、糖が分解されてアルコールになる。

そしてアルコールがさらに発酵分解されたらどうなるか？

酢酸になる。

それが、お酢。

お酢こそ、一連の発酵の先にある究極進化形態なのだ!!

一方でお酢は、塩砂糖と並ぶもっとも基本的な調味料。

遅ればせながら台所に並ぶ!!

実を言うと、それ以前にもプラティが魔法薬調合で作ってくれた『お酢っぽいもの』で代用して調理に使っていたんだけども。

本物を作れる目途が立ったんなら果敢に挑戦してみるべきだろう。

まあ酒から作るお酢でも、アルコールが完全に分解されてしまうから酒ではなくなるんだけどね。

「うわぁーん！　やだよぉ!!　私の作った酒が酒でなくなるなんて嫌だよぉ!!」

それでバッカスさんが泣き叫んで嫌がっているわけだが。
酒が消えてしまうなんて酒の神にとってこれほど悲しむべきことはない、とばかり。
でも特に慰めることはせず、作ってみようじゃないか。
酢。
といってもお酢って、お酒をそのまま放置してもなっちゃうんでしょう?
って極論したら、そうかもしれない。
もちろん途中でカビを生やさないようにするとか注意は必要だろうが。
その辺エキスパートのプラティにも手伝ってもらうとして、慎重に進めていこう。
いや待て。
さらに並行して、もう一つ捻《ひね》りの利いたことをしてみようではないか。
みりん。
を作ってみる。
酢とみりんの違いってわかる?
俺はよくわからない。
でもみりんの作り方は漫画で読んで記憶に残っているので挑戦してみようと思う。
材料を用意します。
焼酎。
もち米。

あともち米を発酵させるための菌。

以上。

焼酎がどうしても必要になるのでバッカスの活躍を待たねばいけなかった。

ありがとうバッカス。

キミのお陰で俺たちはもっと先に行ける。

発酵期間の短縮をプラティにお願いして、いざ作ろう本みりん。

＊　＊　＊

出来た、みりん。

試しにちょっと舐《な》めてみる。

甘い。

酢の親戚みたいなものなんだから酸っぱいかと思いきや、そうでもなかった。

もち米を糖化させるのが工程に組み込まれているから甘くもなるのか。

とにかくこれを色んな料理に使ってより良い味を追い求めていこう！

「酒が……！　私の作った酒がぁ……!!」

その一方でバッカスはまだ泣き崩れていた。

「仕方ない……。これを飲んでみなさい」

「うぬ？」

バッカスに差し出す、透明なグラスに注がれた液体。

「なんだこれは？　私は酒以外は飲まないぞ？」

「それもどうかと……？」

バッカスは散々警戒的な表情を示していたが、ついに根負けしたのかグラスを口に運ぶ。

そして……。

「酒だぁ――――――――ッッ!?」

熱狂と共にそう叫んだ。

「酒だ！　これは酒だぞ！　しかも滅茶苦茶美味《めちゃくちゃうま》い!!　出会ったことのない味だ！　一体これは……!?」

「これは焼酎をみりんで割ったものだ。『本直し』っていうらしいよ？」

焼酎から作ったみりんを焼酎に混ぜる。

『えッ？　大豆製品の味噌汁《みそしる》に大豆製品の豆腐を入れるんですか？』的な違和感もあるだろうが、
今回の成果をバッカスが受け入れるために、もっともよい形だと自負。

「これはよいものを作ってくれた！　聖者のチャレンジはよいものばっかっす！」

そして受け入れてくれた。

「よく味わうと、このみりんとやらも酒分が残っているではないか！　これはこれで美味しいぞ！」

そう言ってバッカスはみりんをストレートで痛飲していた。

ことほど左様に酒は酢に進化して、我が農場の食卓に彩を添えてくれた。

日本酒から作って米酢、ワインから作ればワインビネガー。

酒の種類だけ多くの種類のお酢が作れる。

調子に乗って色々作ってしまった。

別に一種類でもいいのに……！

こんなに大量に作って、どう消費すればいいのか？

そう言えばお酢を直《じか》に飲む健康法があるというので試してみるか？

オークボたちに飲ませてみた。


「うぇーい」

「お酢美味しー！」

「ボクたちずっと友だちだよねー？」

「ズッ友だよねー！」

お酢を飲んだオークボたちの漢《おとこ》度がダダ下がりに!?

アルコールと共に漢度も消滅した!?

もしくは酢を飲んだら体が柔らかくなるとも言うけど、頭の中が柔らかく!?

でもまあ、さすがにこれで全部消費できるわけもないので新たなアプローチも考えねば……。

せっかく新開発したんだから、隠し味とかじゃなく酢の味が前面に押し出されるような料理はないか？

あ。

あった。

オークボたちが釣ってきた魚を解凍して。

刺身にして。

酢を混ぜたご飯を体温が移らぬよう手早く握って……！

今こそ唸《うな》れ『至高の担い手』……！

「寿司《すし》食いねぇ!!」

握り寿司が出来た。

異世界農場前ずし、ここに完成！

「旦那様がまた新しい料理作ったわよ?」

「え？　マジですか!?」

「食う食う!!」

「お前ら待てー！　今度こそおれが最初に食うんだー!!」

そしていつものように農場の住人たちがワラワラ集まってきた。

生魚って受けが悪いからみんな食べてくれるかな?って不安にもなったが、この農場には人魚もいることだし意外と抵抗感がない。

醤油《しょうゆ》を付けてガツガツ食いなさる。

「うめえええ！　これもうめえええええ!!」

「焼かない魚が、こんなに舌で蕩《とろ》けるなんて！」

「魚肉を載せているごはんも、いつもとちょっと違いますぞ！」

「さすが聖者様！　これが新しい工夫なのですな!!」

酢飯効果絶大。

次はちらし寿司に挑戦してみたり、手巻き寿司パーティとしゃれ込むのもいいかもと思った。

それらもお酢が出来たからこそ実現できたこと。

お酢の前身である酒に感謝。

その酒を作り出したバッカスに感謝であった。

「……ただ」

寿司を完成させるのに決定的なものが一つ欠けてるんだけどね。

わさび。

まだ作ってないので。

皆サビ抜きの寿司でこんなに喜んでくれているわけだが、もしここでサビ入れたら阿鼻《あび》叫喚《きょうかん》になったりするのだろうか？

＊　＊　＊

最後に。

握り寿司とおにぎりは、同一なるものか非なるものか？

試しにヘパイストス神を祭る神棚に、大トロ（っぽい異世界魚）のお寿司をお供えしてみた。

天井からスポットライトのように寿司へ光が降り注いだ。

『ＮＯ』

ヘパイストス神の判断は厳しかった。

でも握り寿司は光に吸い寄せられて天空へと昇っていった。

味そのものは気に入ってくれたようだ。

再会の天使たち

Let's buy the land and cultivate in different world

「マスター、ご相談が」

ある日、天使ホルコスフォンから呼び止められた。

「ん？　相談とはなんぞや？」

「小粒納豆はもう完成したのか？　じゃあ次は変わり種として枝豆納豆なんか……」

「いえ、そちらの件ではないのです。……枝豆納豆とやらについては、あとで詳しく伺いたいです」

納豆関連じゃない？

ホルコスフォンにしては珍しい。本当にどんな用件だ？

「……枝豆納豆とやらについては、あとで詳しく伺いたいですが!!」

「わかったから。本題に入ろう」

本題に。

「マスターは覚えておいででしょうか？　以前修復した我が同型機のことを」

ああ、あれね。

ホルコスフォンは天使と呼ばれる種族。

そして天使とは何千年も前に、天空の神々が地上侵略のために送り込んだ生体兵器。

地上崩壊寸前のところを神々が総出で止めて、目の前のホルコスフォンを除くすべての天使は破壊された。

が、最近になって二体目の天使が復活した。

出土したパーツを組み立てて復元を試みたところ、見事復元してしまったのだ。

復元したのは俺。

そうして過去破壊された天使の手足を元に復活？　誕生？……した天使は、さすがにそのままじゃヤバいっつーことで、タイミングよく現れた天界所属の神ヘルメスによって回収されていった。

『完全に調整する』

という言葉を残して。

それから数ヶ月が経《た》った。

「だが同型機はいまだに帰ってきません」

たしかに言われてみれば遅い気がする。

調整っていうのに、どれだけ時間がかかるのかは知らないが神々の仕事だもの。

そんなに時間かかるとは思えないけどなあ……。

向こうから音沙汰がないならば。

こっちから問い合わせるしかないか。

＊　＊　＊

「んなわけで先生、よろしくお願いいたします」

『承知した』

神を召喚するならやはりこの人。

ノーライフキングの先生に来てもらった。

先生にとって神召喚は半分趣味でもあるので喜んで引き受けてくれる。

『ん』

先生の召喚呪文のテキトーさが留《とど》まるところを知らない。

それで本当に神ヘルメスが召喚された。

『ほほほーい』

いや毎度のことながらビックリするほど簡単に出てくるよな。

本当にそれでいいのか神様？

「……こないだ上級精霊が召喚される場面に立ち会ったんですが……」

「うわビックリしたぁ!?」

いつの間にかバティが背後に現れていた。

音も立てず忍び寄ってくるのでビビる。

「神より遥《はる》か格下の上級精霊の召喚でも、選《え》りすぐりの召喚術師数百人が血を吐きながら行うんですよ……」

バティはそれ以上、特に詳しく言わず去っていった。

『…………』

やっぱり先生は凄いな。

『やっほーい、聖者たちじゃないか！　なんだい連絡してくれたら召喚なんてされなくても、こっちから訪ねるのにー？』

そしてヘルメス神は、軽薄さ、ノリのよさが隠れもしない。

『今日は何御馳走してくれるの！？　知ってるよ、あのバッカスまで農場に住みついたんでしょう！？　あの酒バカと聖者くんがガッチリ手を組んで作った酒をハデスおじさんたちより先に飲めるなんてしてやったり！　あ、つまみ枝豆ってヤツがいいな！！』

「ではこれを食らいなさい」

『ギャーッ！？』

ホルコスフォン、遠慮会釈なしのマナカノン全力砲撃。

ヘルメス神は紙一重で回避するものの、流れ弾となったマナカノンが天を駆け昇り、たゆたう雲を一つ吹き飛ばした。

『何するの！？　何するのこの天使！！　聖者くんの下で少しは大人しくなったかと思いきや、狂暴性が増してるじゃないか！！』

「そんなことはありません。私は日々マスターの下で理知的な振る舞いを学習しています」

『ウソつけぇ！　だったらなんだ今の暴力的行為は！？』

「暴力ではありません。ツッコミです」

ツッコミは文化。

まあ、それはどうでもいいや。

「今のツッコミは、アナタの数ヶ月かけたボケに対するツッコミです。ボケでないなら怠慢です」

『はえ？』

「アナタに託した我が同型機の調整はどうなりました？　それを聞くためにマスターと先生にお願いしてアナタを召喚したのです」

先生は、もう用事が済んだのでポチと戯れている。

ホルコスフォンとヘルメス神のサシの様相だ。

「アナタは我が同型機を、『調整する』という名目で預かり、すぐ帰還させると約束しておきながら、ここ数ヶ月何の音沙汰もありません。約束破りですか？」

神に対して、その言い方もどうかと……。

ほぼ事実なので仕方ないけれども。

「さすが天の神々はやることがあくどい。納豆食べますか？　納豆を食べればアナタのどす黒い心もサラサラに洗い流されることでしょう」

『……調整ならとっくに終わって送り返したけども？』

「は？」

『ソンゴクフォンのことでしょう？　調整自体は預かって数日で完成したし……。わー、待って待って待って！　撃つな撃つな撃つな!?』

神へ銃口を向けるホルコスフォンの目が間違いなくデストロイモードの赤い輝きを帯びていた。

『え？　聞いてないの!?　私はてっきりパッファさんから伝えられているものとばかり……！』

「え？」

『え!?』

「『えッ!?』」

ええ？

なんでそこでパッファが出てくる？

『だって今ソンゴクフォンは、人魚の王子アロワナくんの旅に同行してるんだもん！　旅メンバーの一人であるパッファが、この農場と行き来してるんだろう!?』

なんと。

たしかに我が妻プラティの実兄にして人魚国の王子アロワナは、いずれ人魚王となる自分を鍛えるべく地上を武者修行中。

その同行者は何人かいるが、その中の一人パッファは、ここ農場の仕事もこなすために超ハイレベル転移魔法でアロワナ王子の下と、ここ農場を日々行き来している。

「♪今日もディスカスに仕事を押し付けて〜♪　アタイは王子とラブラブツアー♪」

そんなパッファが今俺たちの傍らを通りかかった。

最低な歌詞の鼻歌を口ずさみながら。

「よし！　今日もアロワナ王子の下へ行くぞ！　転移魔法薬で……！」

「ちょっと待ちなさい」

パッファの肩を、ホルコスフォンがガッチリと摑《つか》んだ。

「アナタには聞きたいことがあります。洗いざらい吐くかマナカノンで吹き飛ばされるか、好きな方を選びなさい」

この脅しもツッコミである。

文化の範囲内である。

＊　　＊　　＊

程なくパッファが転移魔法薬を連続使用して、いつぞやの継《つ》ぎ接《は》ぎ天使を連れて来てくれた。

「こんちゃーす！　ソンゴクフォンっていいまーっす！　よろしくお願いしゃーっす!!」

以前あった時よりずいぶん身なりが綺麗《きれい》になっていて、最初あった継ぎ接ぎ部分も綺麗になっていた。

妙にギャルっぽい口調は相変わらずだが……。

でもある程度礼儀は弁《わきま》えるようになっているが……。

「ここまで躾《しつ》けるの苦労したよ」

この礼儀作法パッファが仕込んだの!?

人魚の中でも礼儀作法からもっとも遠いところにいそうな彼女が!?

「これが旅の成果ってヤツだよ。ソンゴクちゃんだけじゃねえ、アロワナ王子もハッカイちゃんも、旅の困難を乗り越えてメキメキ力を上げてるからね！」

『可愛《かわい》い子には旅をさせよ』が効果覿面《てきめん》というわけですか。

『私も、それを期待してアロワナくんたちにソンゴクフォンを託したわけだよ。まあキミらに報告が行かなかったのは遺憾だけど、パッファさんが伝えてくれたものとばかり思ってたからさー！』

「マナカノン一斉斉射」「あーしもー」

『ぎゃあああああああッッ!?』

ホルコスフォンが全砲門開いて、何故《なぜ》かソンゴクフォンまで便乗して乱れ撃ちしたのもツッコミです。

文化の範囲内です。

「ソンゴクフォン……」

ヘルメス神がアフロへアーになったところで改めて向き合う二天使。

「紆余《うよ》曲折《きよくせつ》はありましたが、アナタがこの世界に復活して私は本当に嬉《うれ》しい。アナタがいてくれたことで、私はこの世界でたった一人の天使ではなくなりました」

ヒシッと、ソンゴクフォンを抱きしめるホルコスフォン。

それはまるで姉妹の感動的再会と銘打つべき情景だった。

「ん――……！」

しかし。

やがて抱きしめられるソンゴクフォンは、かまいすぎる飼い主から逃れんとする猫のようにホルコスフォンを引っぺがし、パタパタと走り去っていった。

「あっ、何処《どこ》へ!?」

ソンゴクフォンの走る先は、パッファのところ。

そして一直線にパッファに抱きつき、その豊かな胸に顔を埋《うず》めた。

「ん～、やっぱり姐《ねえ》さんに抱きつく方が柔らかくて気持ちいい～」

どうやらソンゴクフォンは、同族のホルコスフォンよりパッファの方に懐いているらしかった。

「姐さんのお胸の方がやーらかくてデカくて気持ちいい～」

ブチッ。

とホルコスフォンの何かがキレる音がした。

「古来より、理解し合うために一番必要なのは拳を交えることだと聞いたことがあります。今がその時のようですね……！」

「あー？　へパッ神から最新の改造を施されたあーしに、旧式のアンタが敵《かな》うと思ってんのー？チョー思い上がりなんすけどー？」

やめろおおおおおおッッ!?

世界を滅ぼす戦力をもった二人がウチで争うなあああ！

＊　＊　＊

ほどなくして……。

「んじゃあ、そろそろ旦那様のところに戻るかね。行くよソンゴクちゃん」

「ヘイ姐さん」

パッファがソンゴクフォンを伴い去ろうとする。

行き先は当然アロワナ王子の下だろうが……。え？　待って？

今、旦那様って言ったのどういうこと？

「そんなに急いで帰らなくても……。せっかくだからもっとゆっくりしてもいいじゃない？」

「そうしたいのはアタイも山々なんだが、旦那様のところも今ごたついててね。急いで戻らないと。

フォローしてやらないといけないんだ」

「え？　どういうこと？」

アロワナ王子って、もしや旅先で厄介事に巻き込まれてたりするの？

「ドラゴンと戦ってる」

「一刻も早く戻ってあげて!!」

いや、それで事足りる話じゃねえ！

ウチからも応援を！

オークボ！　ゴブ吉！　そしてこんな時こそヴィールの出番だろうが、あの竜どこにいったああああッッ!?

冬支度

そろそろ冬がやってくる。

この世界にやってきて二度目の冬だ。

一年目の冬にはまったく準備ができてないままやってきてエライ目に遭ったが、その教訓を生かして今年は準備万端！

エルフたちには去年の冬明けから木炭をせっせと作ってもらって蓄積しているし、バティには毛皮の厚着を縫ってもらっている。

ポチたちも夏毛から冬毛に換毛中。

そして俺だって何もしないわけにはいかないぜ！

俺もこの農場の主として、俺独自の冬の備えを拵《こしら》えることにした。

ストーブだ!!

代表的暖房器具！

しかしこの世界に石油はないので、代わりの燃料をあてこまなければならない。

そこで思い当たったのが……。

薪《まき》！

薪を燃やし、その熱で部屋を暖める！

薪ストーブの力で今年は暖かい冬を過ごすのだ！

＊　＊　＊

で。

薪ストーブを作ります。

素材はもちろん金属です。

内部で常に火を燃やし続けなければいけないし、その熱をしっかり外に伝えなければストーブとしての機能を果たせない。

やっぱり用意する金属はマナメタル。

このマナメタル。不思議なことに加工したい時には大したこともない温度で軟化するのに、一度完成して固まれと念じたら鋼鉄を遥《はる》かに超える融点となってけっして燃えも溶けもしない。

熱伝導率も理想的でストーブの素材としてはもってこいだ。

本当に便利で何にでも使えるマナメタル!!

「いや、どうかなー？」

「ん？　どうしたバッカスじゃないか？」

「この光景を見たらドワーフが号泣するんじゃないかなー、と。しかし本当に、ここには貴重なマナメタルばっかかっす！」

意味深な言葉を言い残してバッカスは通り過ぎていった。

「あ、ウチの酒蔵でも寒さを吹き飛ばすように度数の高い蒸留酒をバンバン制作中だぞ！」

「おう頼んます」

焼酎だけじゃなくウイスキーやブランデーもそのうち飲めそうだな。

それは置いておいて。

今はストーブ作りに集中しよう。

まず考えるべきは、煙突作りだ。

薪を燃やして出る煙を外へ出す通り道。煙突は絶対必要。

しかもただ煙突を作ればいいわけじゃない。

薪を燃やして出た煙もしっかり熱を帯びていて……。というか火で熱せられた空気も煙突を通っていくので、煙突自体もそれ相応の熱を帯びる。

熱くなった煙突を各部屋に通しておけばその熱で全部屋が暖められる仕組みになる。

もっとも全部屋を通過するぐらい長い煙突を作ると、それ全体を暖めるためにストーブ本体の熱量を上げなきゃいけないとか。

当然ストーブ本体に近い方が熱くなって暖房が均一にならないとか問題もあるけど、それはおいおい研究していこう。

「薪ストーブの内部をよく燃やすためには、空気の取入れが重要だから中に空気が入りやすい構造にしないと……！」

途中からエルフたちも交ざってストーブ作りが賑《にぎ》やかになる。

「薪が減ったらすぐ足せるように、隣に積んでおくのもいいな……！」

「薪置き用の籠も作ろうぜ！」

「ストーブの上でお湯を沸かしたり料理できるようにしたら楽しくない!?」

「触ったら滅茶苦茶《めちゃくちゃ》熱いもんなー。子どもたちが間違って触れないように柵で囲っとこう」

次々いいアイデアが提案されてくる。

「中の火をじっくり見られる方がよくない？」

「ポーエル。ストーブ用のガラスの蓋作れる？」

「お任せください！　マグマでも溶けない超耐熱ガラスを拵えてみせます!!」

やる気のガラス細工班班長ポーエル。

色々と試行錯誤を重ねて、実際作製に取り掛かってみる。

「でも毎回思うんですが、鋼鉄より遥かに硬いマナメタルを簡単に加工する聖者様凄《すご》すぎくないですか？」

「俺が凄いんじゃないよ。凄いのはこの聖剣」

ドラゴンの牙すら通さない金剛絹。

その金剛絹を簡単に貫いて縫い合わせてしまうのは、マナメタル製の針を使うからだ。

そのマナメタルを簡単に斬り裂いて加工してしまう、邪聖剣ドライシュバルツ。

「なるほどー！」

「マナメタルを斬り裂けるなんてさすが聖剣！」

「冥神が与えし究極の剣！」

「その凄さを、まさに目の当たりにして実感しております!!」

この農場生活、聖剣に何度助けられてきたことか！

初期に聖剣と出会えたことがどれほどの幸運だったか！

「ありがとう聖剣!!」

＊　＊　＊

と、ゴチャゴチャやってるうちに、ついに完成！

総マナメタル製薪ストーブ!!

煙突を屋敷内のいくつかの部屋に行き渡らせたことで、ストーブ本体のある部屋だけでなく、それ以外の各部屋も暖房効果が付く。

ストーブ上部は平面にしたので鍋やフライパンを置くこともできる。

湯を沸かしたり調理することも可能だ。

餅を焼くことだってできる。

「これで我が農場、冬への備えは完璧だ！　いつでも来い冬将軍!!」

「待ってくれ！　聖者様!!」

そこへ逼迫《ひっぱく》した声をかけてくるエルフのエルロン。

どうした？　そんな差し迫った感じで。

「このストーブには、決定的なものが欠けている！」

「な、なんだと!?」

どういうことだ!?

俺が精魂込めて作り上げ、完璧に仕上げたはずのストーブに欠けているものがある!?

「それは、薪だ！」

「そうかー!?」

これは薪ストーブ！

薪を燃やして暖めるストーブ！

どんな機械も燃料なくして動きはしないように。

薪のない薪ストーブなんて魔力のない魔法使いみたいなものじゃないか。

「で……、では今からでも森に入って薪集めに……！」

しかし今から集めて冬到来に間に合うか？

薪っていうのは、割ってからある程度乾燥させる期間が必要なんだろう？

「聖者様のうっかり者め……！　大丈夫、大丈夫だ!!」

「何だと!?」

「何故《なぜ》なら既に薪は、私たちエルフで集めているからだーッ!!」

なにいいーッ!!

屋敷の裏に、見上げるほどうず高く積まれた大量の薪が!?

これが全部エルフたちで集めたものだというのかーッ!

「楢《なら》、樫《かし》、欅《けやき》! 様々な種類の木を用意したぞ! 焚《た》き火《び》はな、色んな木材で色んな種類の炎を楽しむのも醍醐味《だいごみ》の一つなのだ!!」

「おお……!?」

さすが森の民エルフ……!

言うことが奥深い……!?

「これだけあれば一冬充分に越せるだろう! 聖者様! 存分に使ってくれ!」

「エルロン、お前ってヤツは……!」

本当に出来たエルフだぜ!

感動と連帯感によって、俺とエルロンはガッシリ固く抱き合った。

「頭目って陶器の窯焼きのために常に薪確保してあるでしょう? 積んでる薪だってその……!」

「シッ、黙って!」

ストーブ作りを通じて、俺とエルフたちの絆《きずな》が深まっていくのを実感するのだった。

＊　　＊　　＊

「はー、ただいまー」

俺とエルフたちの絆値が急上昇していく傍ら。

プラティが帰ってきた。

「どこから？」

しかもプラティのあとからオークボ、ゴブ吉たちもガヤガヤと。

急に騒がしくなった。

皆で出掛けてたの？

どこ行ってたの？

「旦那様こそどうしたのよエルロンと抱き合って？　今度はエルロンを側室にするの？」

しないよ！

っていうかエルロン以外にも側室がいるような言い方やめて！

「プラティこそオークボたち引き連れてどこ行ってたの？」

思えば、ストーブ作りという建築仕事にオークたちが絡んでこないわけがない。

それなのに存在感がなかったのは、出かけて留守にしていたからか。

「そりゃ決まってるじゃない。冬支度よ」

「えー？」

「去年は不意打ちでエライ目に遭ったから、今年こそ準備万端しとかないとね」

さすが我が妻、考えることは同じだったか。

ならばこれを見てさぞや驚くことだろう！

見るがいい完成した薪ストーブを!!

「だからたくさん掘って集めてきたわ」

「ん？」

「石炭」

石炭!?

オークボたちが荷車に載せて運んできているのは、真っ黒い石。

それこそがまさかの石炭!?

よく燃えて、汽車や汽船の動力となる石炭!?

「そ……、そんなもの何処《どこ》から……!?」

「先生が洞窟ダンジョンを改造して、石炭を採掘できるようにしてくれたのよ！　それで今日オークボちゃんたち皆でお邪魔して、掘りまくってきたの！」

石炭を載せた荷車は、次から次へと到着して一冬越せそうな量は優にありそうだった。

それを見るほどに俺とエルロンの表情が煤《すす》けていく。

……。

……やっぱり、薪や木炭よりも石炭の方が熱効率いいよね？

そうじゃなきゃ産業革命成立しないし。

「ちゃんとオークボちゃんたちが石炭ストーブも作ってくれたのよ！　これでもう冬凍えることは

ないわね!!」

今年の冬は暖かに過ごすことができそうだった。

俺とエルフたちを寂寞《せきばく》とした秋風が容赦なく吹き抜けていった。

＊　＊　＊

余談。

薪ストーブに使われたマナメタルは頑丈で、薪より遥かな高熱を発する石炭でも問題なく使えて助かった。

薪はどうしようもなく無駄になると思ったが、従来通りエルロンたちの焼き物窯で豪勢に燃やし尽くされている。

火災訓練

我が農場にストーブを取り入れることで、一つの危惧が俺の中に浮かんだ。

火を家の中に持ち込むことで起こりうるもの。

火事。

ちょっとした不注意から起こる失火。

すべてを焼き尽くす。

マッチ一本で火事のもとになると言うぐらいなのに、ストーブの中には薪《まき》なり石炭なりがいくつも燃え盛っているのだから注意すべきはマッチ一本の比ではない。

家が建った時点から用心すべきことだろうが、ここで改めて住民全員に周知させておいた方がいいだろう。

火事、恐ろしい。

火の元、注意。

絶対疎《おろそ》かにしてはいけない。

というわけで唐突に始まります。

我が農場、火災予防運動。

＊　＊　＊

「というわけで、皆さんには火事の恐ろしさについて学んでもらいます」

農場の住民全員を集めて、火災訓練を行います。

「火事を起こさないための用心、万が一火事が起こってしまった際の対処法などをレクチャーしますので刻みつけるように学んでください！　そしてこの地上から火事の根絶を!!」

「「「「はーい」」」」

オークやゴブリン、人魚にエルフにサテュロス、大地の精霊にポチにバッカスの巫女《みこ》さんたちと。

主だった面子《メンツ》が雁首揃《がんくびそろ》えております。

でないと訓練を行う意味がないので。

「ではまず実際火事が起こった時に守らなければならない言葉を教えよう。もしもキミたちが火災に遭遇した時は、この一言を思い出してほしい」

その言葉とは……。

「おかしッッ!!」

「「「お菓子!?」」」

その言葉に反応しそうな連中が反応した。

「お菓子か!?　お菓子なのかご主人様!?　ケーキか!?　アイスクリームか!?　フルーツパフェかぁー!?」

「バターを乗せたらサイコーです！　あまみのしんこっちょうですーッ!!」

やはり例によって真っ先に盛り上がるのはヴィールと大地の精霊たちだった。

「違う。トリートのお菓子じゃない」

お、か、し、とは。

火災に遭遇した際に心がけるべき三つの項目。

その頭文字をとって単語にしたものだ。

そうすることによって覚えやすくし、とっさの対応を取りやすくするための知恵というヤツだな。

昔の人は上手《うま》いこと考えたものだ。

最近の人が考えたのかもしれないけれど。

「では、お、か、し、の一文字ずつが何の頭文字になっているのか覚えていこう！」

まず『お』。

押さない！

避難する際押し合っては進めず、逃げ遅れてしまうかもしれないからな。

次に『か』。

貸さない！

「……ん？」

たとえ友人同士であってもお金の貸し借りは人間関係の破たんに繋《つな》がりうる。

だから絶対お金を貸しちゃいけませんよ。

って違う。

それはそれで大事だが火事とは関係ない。

これは間違いだな。

『お』押さない、の次に続く『か』は……。

借りない。

闇金なんかから絶対借りてはいけない。

ってこれも違う！

なんで金融関連から脱しきれない!?

火災遭遇時の必要な心得をコンパクトにまとめた覚えやすいワードじゃないのか『おかし』？

俺の記憶力が悪いだけか？

「と、とりあえず『か』は置いておいて……」

最後の『し』を思い出してみよう。

『し』知らない。

……。

なんで急に投げやりになった？

最初のワード以外全部、俺の記憶があやふやだった。

「仕方ない！　『おかし』が何の頭文字だったかは、訓練が終わるまでに思い出すとしよう!!」

グダグダな俺の司会進行に、ブーイングが飛び交った。

「火災訓練、次のレッスンに行ってみよう。消火作業の実習だ！」

ここには俺が前いた世界のように電話一本で来てくれる消防隊の皆さんなど存在しない。

出た火は自分たちで消し止めなければ!!

だからこそ前もって消火作業を経験して、あるかもしれない本番に備えておくのだ。

そこでこんなものを用意してみました。

野外の開けた平地に、木を組み上げて、小型のキャンプファイヤーのようなものを作り上げる。

火をつける。

赤々と燃え上がる炎。

「これを実際に消火して、実績と経験を積んでもらいます。火消し用の道具も用意してあるからそれを使ってね!!」

異世界には消火器なんてハイカラなものはないので、桶《おけ》に汲《く》んだ水を大量に用意した。

これからは農場の各所に、こうした防火用水を配備しておこうと思う。

さあ、迷わずこの水を、燃え盛る炎にぶっかけてくれたまえ！

希望者から順番に！

「ふーん、あの火を消せばいいのか？」

最初に名乗りを上げたのは意外にもヴィールだった。

ドラゴンの彼女はただ今人間形態。

「そんなの、水なんて使うまでもないだろう」

「えー？」

ヴィールは、盛んなる小型キャンプファイヤーを一睨《にら》みして、言った。

「消えろ」

消えた。

ドラゴンのただ一言のみで、炎がひとりでに。

燃えあとからは煙の一筋すら立たない。

絶句する俺に、プラティが諭すように言う。

「竜魔法をもってすればこれぐらい造作もないでしょう？　いまだ人類に解明できない究極魔法を舐《な》めたらダメよ」

「そうだとも！　おれにかかれば、こんな小火《ぼや》など一捻《ひね》り。もっと大きな炎だって一瞬で消し去ってみせるぞ！　たとえばそう、あの山を覆い尽くすような山火事だって！　実際やってみせようか!?」

でもあの山には当然、山火事なんて起きてないぞ？

火がないからヴィールが自分で点火する？　ドラゴンブレスで？

やめろ！

自分で出火して自分で鎮火する。これがホントのマッチポンプか!?

とにかく皆で慌てて止めた。

「ヴィール様ほどではないですが……」

と出てきたのが人魚チーム、『獄炎の魔女』のニックネームを持つランプアイ。

もう一度火をつけ直されたキャンプファイヤーに手をかざし、なむなむと小声で呟《つぶや》くと……。

炎が浮かび上がり、泡のように千切れて彼女の手の上に乗った。

「炎を、操作している……？」

「己《おの》が手足のごとく自在にしてこそ『獄炎の魔女』。ただ勢いのままに火付けするだけでは二流の火炎魔法使いです」

そう言ってランプアイが手をかざすと、炎はみるみる勢いを失って鎮火してしまった。

ヴィールみたいに、あっという間の勢いはなかったが充分目を見張る神業だった。

「アタシには、ランプアイほどの火炎操作能力はないけれど、こういうのを作ってみたわ」

さらに我が妻プラティ。

取り出した試験管の蓋をキュポンと開けると、中からなんか煙のようなものがモクモク溢《あふ》れ出してきて……。

いや、あの質感は霧？

煙と霧の中間のような……、ドライアイスの蒸気とでも言うのが一番シックリきた。

そのドライアイス煙的なものが、容器の試験管からは想像もできない量溢れ出てくる!?

しかもそれは地を這《は》うように、真《ま》っ直《す》ぐとキャンプファイヤーの方へと一直線に向かっていく!?

……ちなみに火が消えるたび再び点火してくれているのはゴブリンチームの皆さんです。

ご苦労様です。

それはさておき、ついにドライアイスの煙が炎へ覆いかぶさるようになって、飲み込んでしまった!?

その光景、まるでアメーバの捕食行動を見るかのような……!?

当然のように炎は、ドライアイス煙に包まれ鎮火してしまった。

「この自動消火煙霧は、スモークスライムっていうモンスターを魔法薬で薄めたものよ」

プラティ説明。

「スモークスライムは元々、生物の体温をエネルギー源としてるので、獲物にまとわりついて体温を奪って凍え殺す恐ろしい習性を持ってる。それを利用したのよ」

魔法薬によって改造されたスモークスライムは、火のような高温のものにしか反応せず、火元へと自動的に向かっていき、自分を焼き尽くすことで消火を行う。

何とも理想的な消火装置だった。

「この消火煙霧。もう農場のそこかしこに配置してあるわよ」

「ええッ!?　マジで!?」

プラティの話では、煙霧は紙で作った箱に封印し、火の起こりそうな場所に片っ端からセットしてあるらしい。

もし火事が起こり、紙製の箱が燃やされればそこから消火煙霧が漏れ出し、そのまま消火してくれるシステムなんだそうだ。

「別に火が到達するのを待たなくても、火事を発見したら箱ごと投げ込んでもいいし、いい仕組みでしょう？」

「う、うむ……!?」

「それに火事の予防に関しては頼もしい子たちもいるしね」

プラティが視線を送ると、そこにはビシッとポーズを決めるエルフとヒュペリカオンの姿があった。

「森で暮らすエルフにとって、山火事は生死を分ける重大事！　森の民の超感覚で即座に火を感知し、初期消火してみせましょうぞ!!」

「ワワワン！　ワンワンワンワン!!」

狼《おおかみ》型モンスターの嗅覚は、僅かな焦げ臭さも嗅ぎ取れるぞ！　と言いたいらしい。

俺大事なことを忘れてた。

世界は違っても火事は変わりなく災害だし、その対策は練られていて当然だよね。

ファンタジーはやっぱり偉大だ。

＊　＊　＊

思い出した。

思い出せないまま訓練を終わるところだったがなんとか一つだけ思い出した。

『おかし』の『し』。

『し』を頭文字にする注意事項は……。

『し』死なない。

これだな。

たしかにこれこそ何より大事なことだ。

一番大事なことだ！

いや思い出せてよかった。

あー、スッキリした！

「害鳥害獣対策!!」

今回の課題です。

農作物を育てる者にとって悩まされる大きな問題の。

野に住む獣、山に住む鳥たちが、せっかく育てた野菜を食い荒らしてしまう災害のことだ。

「お前らに食わせるために育ててんじゃねーッ!!」

と見つけるたびに追い散らすものの。

相手は知恵ある者あり、力ある者あり。対策用に設置した柵なんかも掻《か》い潜《くぐ》って侵入される始末。

ポチたちが加入してからは巡回してもらって、ある程度の被害は抑えてくれるものの、日が経《た》つごとに畑も拡充されてポチたちだけではカバーしきれなくなっていた。

新たなアプローチが必要、ということになってきた。

「……罠《わな》でも張るか」

まず浮かんだ案。

罠。

トラップ。

あらかじめ仕掛けたアレに、やって来たアレが掛かるというアレ。

いつ侵入してくるかわからない野獣たちには、非常に有効な手段と考えてよかろう。

試しに色々作ってみた。
一、ピンと張ったロープ。足が引っ掛かる。
二、落とし穴。落ちる。
三、タライ。落ちてくる。
四、トラバサミ。
という感じで農場周辺にちりばめてみた。

罠としてまともそうなのがトラバサミしかなく、しかもこれも試作品なのでバネが弱くユルユルな感じ。

これで本当に獲物がかかるのかと大変疑問であったが、まあダメ元感覚で朝に設置、昼頃確認しに来てみると、見事獲物が掛かっていた。

＊　＊　＊

「…………」

「…………」

ヴィールが。

「何やってんだお前？」

ドラゴンが罠にかかっておられる。

人間形態で。ドラゴンの巨体だったら野犬サイズを想定した罠なんか弾《はじ》かれるに決まっているので。

「……なんか変わったものがあるなー、と思って………」

ヴィール、不承不承という風に語る。

「試しに踏んでみた」

お前は無闇に火災報知器のボタンを押したがる子どもか。

「大体ドラゴンのパワーなら簡単に罠破壊して脱出できるだろうに。何故《なぜ》ハマったままでいる？」

「勝手に壊したらご主人様に怒られるかなー、と思って、待ってみることにした」

「よい心がけだ」

とにかく、そのままにもしておけないので罠を解除し、ヴィールを解放してやった。

元々バネもユルユルの粗悪罠で怪我《けが》の心配もない。

仮に万全状態の強力バネだったとしてもドラゴンのヴィールにかすり傷一つ付けられたとも思えんが。

「さあお行き、二度と捕まるんじゃないよ」

大自然ものの主人公的空気を出して、ヴィールを解き放ってあげる俺。

ヴィールは何度も何度も振り返りながら、森へと帰っていった。

アイツ別に森には住んでいないけど。

＊　＊　＊

以上の結果から、ポチや大地の精霊たちが誤って掛かってはいけないということで罠は廃案になった。

設置してあるものを回収して、屋敷に戻る。

戻った途端、戸がガンガン叩《たた》かれたので出向いてみると、軒先にヤツが立っていた。

ヴィールが。

「恩返しに来たぞ！」

なんかのイベントスイッチが入っていた。

あるぞ既視感。

この流れ。

罠にはまった獣を発見→助ける→人間に化けて恩返しに来る。

遥《はる》か昔にそういう昔話なかったっけ？

いや、ヴィールのヤツ最初から人間に化けていたけれど。

そもそも元ネタでは恩返しに来るのは鳥類でドラゴンと違ってたけど。

いつか暇な時に、異世界転移してくる前の世界でのおとぎ話をしてやったことがある。

その時のレパートリーに、たしかにその話が交じっていたような気がするし、ヴィールも聞いてやがった気がする。

「……じゃなくて、旅の者ですが一夜の宿を貸してくれ！」

お前ここに住んでいるだろうが。

しかしヴィールは、どのタイミングで流れの類似性に気づいたのか知らないが、もう完全に鶴の恩返しルートに乗っかって、一通り『ごっこ』を遊び尽くすつもりだ。

「泊めてくれるお礼に機織りしてあげるぞ！　機織りする場所に案内しろー!!」

ヴィール、勝手知ったる我が家の中で機織り部屋へ移動。

そこには、ゴブリン数人が詰めていて金剛カイコから取った絹糸やら畑で育てた綿やらを織って、布地を作っている最中だった。

「お前ら出て行けー！　機織り中は絶対覗《のぞ》いてはならんのだー！」

「傍若無人!!」

仕事中だというのに追い出されるゴブリンたち被害者。

さすがドラゴンというべきか、身勝手を押し通す力は地上一。

追い出されたゴブリンたちが戸惑い気味に俺へ尋ねる。

「我が君……！　どうしましょう？」

「急いで仕上げなきゃなほど切羽詰まってもいないんでしょう？　しばらくヴィールのしたいようにさせてあげようよ」

こうしてヴィールに占領される機織り部屋。

「いいかご主人様！　恩返しに機織りしてやるんだから、途中で覗いたりしたら絶対ダメだぞ！　絶対覗くなよ！　絶対だからな!!」

そう言ってパシーンと戸を閉めてしまった。

「……これでもかってくらい覗くなと念押ししてきましたね」

巻き込まれた機織りゴブリンたちも言う。

「うーん……？」

この際、どっちが正解なのだろうか？

戸を開けて覗く？

覗かず放置しておく？

この判断が非常に難しい。

原題通りに進めるならば、頃合いを見計らって中を覗くのが忠実であろう。

しかしその結果、正体がバレてしまった鶴は……、この場合ドラゴンだが、飛び立って二度と戻ってこないのだ。

つまりバッドエンド。

タブーを破ったら報いを受ける。

俺たちはその悲劇的結末を知っているのだから、選んじゃいけない選択肢をどうして選ばなければならない？

二周目プレイでバッドエンド選択とかよっぽど間抜けな主人公ではないか。

というわけで円満な結末を望むのであれば『覗かない』一択であるのだが、しかしこれは『鶴の恩返し』ではない。

あくまで『鶴の恩返し』をトレースしたヴィールのごっこ遊び。

彼女の目的が昔話の再現であるのなら、適当なところで覗いてあげるのが彼女の意を汲《く》んでやることではないのか？

「どっちだ？　どっちが正解なんだ……!?」

正解のわからぬ二択。

ここまで苛烈に俺を苦しめるものなのか。

悩み、悩み。

悩み抜いた結果……。

＊　＊　＊

「……せーのー、いちッ！」

「せーのー、にッ！　クッソ外した……！」

「ククク、次こそ私が抜けさせていただきますぞ我が君。……せーのー、……よんッ!!」

「ぎゃー、当たったー!?」

悩み抜いた挙句考えることを放棄した俺は、ゴブリンたちと手遊びに興じていた。

彼らも機織りすべきところをヴィールに仕事場を奪われて手持無沙汰なのだ。

「我が君！　次！　次オハジキやりましょうぞ!!」

「ほう、我が最強のオハジキ『マナメタル石蹴り』に挑もうとは無謀な……！」

ゴブリンたちとの遊びが超盛り上がってきた時に……。

「覗けよ!!」

ヴィールから怒られた。

やっぱり覗く方が正解だったのか!?

「話の流れというのがわかんないのかご主人様は！　ここはおれがいっしょーけんめー機織ってるところを覗き見して『ヴィール、お前だったのか……』って言う段だろ!?」

そのセリフ回しは別の昔話です。

しかも格段に悲劇的な。

「もう！　おれ飛び立っちゃうからな！　正体を知られたからには、ここにはいられません！　おじいさんおばあさん、お元気で!!」

ここにおじいさんもおばあさんもいないし、お前元々ここに住んでるだろうが。

そんなツッコミも受け付けず、ヴィールはドラゴン形態に戻って空へと飛び去っていった。

「ヴィールー。もうすぐごはんだぞー」

『わーい、食べるー』

すぐ戻ってきた。

＊　＊　＊

ちなみに。

ヴィールのヤツは機織り部屋にお籠り中、本当に機を織ってたらしく、一枚の反物が完成していた。

ドラゴンのウロコで作った反物である。

『ウロコで機織りって何なんだよ？』というツッコミも起こりそうだが、そもそも元ネタの恩返しでも『鶴の羽で反物を織る』というのも相当無理がある設定だと思うし深く触れまい。

とにかくドラゴンのウロコ製の布である。

響きからしてレア感ありませんか？

「また私に伝説の衣を作らせるつもりですか!?」

被服担当のバティのところに持ってったら、彼女のテンションをダダ上がりにさせた。

「見たことのない織り目！　感じたことのない肌触り！　これで服でも作ったら！　全身鎧《よろい》に勝る防御力をもった伝説的武具の出来上がりですよ！　本当にいいんですか!?　本当に作っちゃっていいんですか!?」

「ああ……、まあいいよ」

そのままにするのももったいないし。

ヴィールは気まぐれで伝説的レアアイテムを生産するのは慎重になってほしい。

そうしてバティ渾身《こんしん》のクオリティをつぎ込んで完成した『ドラゴンの衣』は、聖剣かマナメタル製武器でもない限りあらゆる攻撃も魔法も跳ね返す無敵の防具になりましたとさ。

ポジションを脅かされると思ったのか、金剛カイコとアラクネが揃《そろ》って厳重抗議してきた。

新四天王の活躍（上）

Let's buy the land and cultivate in different world

私はエーシュマ。

栄えある魔王軍四天王に選ばれた新たなる一人。

とは言え現在は聖者様の農場のご厄介になり、至らぬ自分を鍛え直す日々。

今回のお話は、そんな私の苦難と成長を綴ったものである。

＊　　　＊　　　＊

「フレイムブレイス！　炎よ！　我が剣となり給え！」

呪文詠唱中。

この間いかにカッコいいポーズを決められるかが魔族戦士にとってのキモである。

「獄炎霊破斬!!」

両手から放たれる大炎が天を焦がさんばかりに吹き上がる。

ただのデモンストレーションなので何か具体的に燃やすわけにもいかないから、空へ向けて放つのだ。

「おおー！」

「スゲー!!」

それを見て驚嘆しているのは人魚の少女たち。

何か彼女らも勉強のために農場に住み込んでるとかいないとか。

「私、魔族の魔術魔法初めて見ましたわ！」

「噂《うわさ》に聞くけどやっぱり派手なんだなー」

「い、いやそれでもアタイたちのパッファ様の方が！」

「イカレ具合でならガラ・ルファ様の方が!!」

ディスカス、ベールテール、ヘッケリィ、バトラクスとか言う四人。

この若い四人は、私のすることに素直に驚いてくれるから好きだ。

変に擦れてしまったバティやベレナよりよっぽど可愛《かわい》げがある！

「はっはっは！　凄《すご》かろう凄かろう！　獄炎霊破斬は、私の持つ魔法の中でも一番攻撃力の高いものだからな!!」

私はこの魔法で、三ッ星ダンジョンのモンスターを仕留めまくったこともある！

凄いだろう!?

魔族の魔術魔法は凄いだろう!?

「無垢《むく》な少女たち相手に力自慢しないでくださいよ、恥ずかしい……！」

「そういうお前は、擦れてしまった元同輩でかつ後輩?」

ベレナが現れた。

「誰が擦れてるんですか？　聖者様の農場に住んでれば誰でもこうなるんですよ？」

「こうなるとは？」

「高等魔法程度じゃ誰も驚かなくなるんです」

心外な。

魔王軍四天王に選ばれる、この私がもっとも得意とする魔法だぞ！

これで驚かないなら、何に驚けと言うのだ？

「そんなエーシュマ様に今日は、魔法の先生をご紹介します」

「魔法の先生？」

「先方と聖者様のご厚意によるものなんで、しっかり学んでくださいね。自分の身の程とかを」

はっはっはっは……。

ベレナよ、四天王に抜擢《ばってき》された私が、今さらヒトから何を教わるというのだ？

生涯学習は、志として立派なれど、あまりに度が過ぎると卑屈となる。

敵から畏怖されるべき魔王軍四天王としては、あまりに情けないことではないか？

「というわけで先生、教育のほどよろしくお願いします」

『うむ』

…………。

あれー？

目の前にアンデッドがいるぞ？

アンデッド。

不死の魔物。

ダンジョンより理外の力を受け活動するようになった死にながら生き、生きながら死んでいるもの。

しかもこの立ち姿から発せられる瘴気《しょうき》と、完成された佇《たたず》まい。

これはもしや、アンデッドどころかあらゆる類の生き物の中でもっともヤバいと言われる。

ノーライフキングではないですか。

「ノーライフキングの先生です。親しみを込めて先生と呼んであげてください」

やっぱりノーライフキングだった!?

世界二大災厄の一方と言われている凶悪存在に、なんでフラリと遭遇しているの私!?

本物だろ!?

人魚少女たち四人が脱兎《だっと》のごとく逃げ去っちゃったし!?

『ここに来る途中、大炎が吹き上がるのを見たが……』

ノーライフキングが喋《しゃべ》った!?

会話可能なのか!?

『あれは魔術魔法の獄炎霊破斬だな？　上級精霊イフリートの力を借りて使う高等魔法。その若さで難しい魔法をよく会得したものだ』

「ああ!?……は、はい！」

なんか褒められた？

ノーライフキングすら私の実力を認めるなんて、さすが四天王の私！

「いい気にならないでください。先生は褒めて伸ばすタイプです」

うっさいよベレナ。

『ゆえに今、おぬしが学ぶべきことは世界の広さ。今自分の立ってる場所が頂点などではないということ』

「はい？」

『さすれば井の中の蛙《かわず》となることもなく、先に進み続けることもできよう。……先ほどの魔法を』

ノーライフキングは凄いことを言い出した。

『……ワシに撃ってみるがいい』

「はあ!?」

いくらノーライフキングでも悪ふざけが過ぎるだろう!?

獄炎霊破斬は魔術魔法の中でも最上級の一角。いかに最強のアンデッドと言えども食らえばタダでは済まんぞ!?

『いいからいいから。気にせずやってみなさい』

「くっ、どうなっても知らんぞ？」

私はたっぷり詠唱して魔力を込めて放った。

「獄炎霊破斬!!」

しかしである。

私はまだ世界二大災厄を舐《な》めていたということだろう。

同時にノーライフキングが放った魔法炎が、私の最強魔法を飲み込み完全に封殺。

しかもそれだけでまだ勢いを衰えさせず、私へ押し寄せる。

「うがわぁぁ――――――ッ!?」

『おっと、力を入れすぎたか無効化』

魔法炎は、私に届く寸前で放った当人によって瞬時に消された。

おかげで私は、魔族の黒焼きになるのを寸前で免れた。

「……何と言う凄《すさ》まじい魔法力……!?」

私の最強魔法が、同属性で完全に押し負けていた。

勝負の形にすらなっていなかった……!?

「同じ獄炎霊破斬でも、使い手の魔力量でここまで威力に差が出るということなのか……!?」

『いや、今のは獄炎霊破斬ではないぞ』

え?

いや。

まさかこの流れは……!?

『炎だ……!』

最下級の火精霊の力を借りて放つ最下級魔術!?

魔族の子どもが焚《た》き火《び》の種火程度に使うアレで、私の必殺魔法を上回った!?

『魔力の絶対量によって魔法の威力が変わるというのは見立て通り。しかしその規模はおぬしが想像するより遥《はる》かに大きい。それを意識し、向上心に結び付ければ、おぬしはどこまでも強くなれるであろう』

規模の差が、オシッコちびりそうなレベルなんですけれども!!

こんなのどうやって受け止めればいいんですか!?

『ワシは不死化する前は人族だった故、魔族の魔法は専門外じゃが、できる限りのことはレクチャーしてしんぜよう。ヒトに教えることは好きでな。人であることを捨てたこの身に人の繋《つな》がりを思い出させる……』

＊　＊　＊

くっそう。

先生の授業、超ためになった。

魔力の効率的な運用法が身に付いたし、たくさんの上級精霊と新たに契約することができた。

「あの知識量で、魔術魔法は専門外ってどういうことよ……!?」

ノーライフキングは超越的存在。

頭ではわかっているつもりだったが、私はその超越ぶりをしっかり実感できていなかったということか……！

「で、でも、今日の授業にレヴィアーサはいなかった……！　同じ四天王として差をつけることが……!!」

「レヴィアーサ様ならとっくに先生の講義修得済みですよ」

「なにぃッ!?」

意味もなく同行してくるベレナに教えられて、私驚愕《きょうがく》。

「あの人は有能ですからねえ。教えられるまでもなく先生の存在を探り当てて、自分から先生のダンジョンへ教えを乞いに向かってましたよ」

「くっそう！　アイツ有能か!?」

「だから有能なんですって」

聞けば、我らが魔王ゼダン様やアスタレス様も、先生の授業を受け上達したという！

そんな偉大な御方《おかた》が、あっちから来てくれるまでのほほんとしていたのか私は!?

「くそッ！　私の腑抜《ふぬ》け……！」

「そうですね」

妹のように面倒見てきた元同輩が、慰めの言葉もかけてくれない!?

このままでは！　このままでは私の四天王としてのプライドがズタボロに!?

何か、何かないか？　私の存在を支えてくれる何かが!?

そこで私は発見した。

野外で、土と戯れる無垢な少女の姿を。

「あっ、ヴィール様？」

後ろでベレナがなんか言った気がするが、気にしない。

「エーシュマ様？　なんで少女形態のヴィール様に視線釘付《くぎづ》けになってるんです？……すっごい嫌な予感する……!?」

新四天王の活躍（下）

Let's buy the land and cultivate in different world

私は魔王軍四天王の一人、エーシュマ。

聖者様の農場に修行滞在中。

色々この土地の次元違いに、なけなしのプライドが吹き飛ぼうとしている。

そんな折、私は出会いを果たした。

いかにも小さくか弱そうな美少女。

「うぁー……、ヴィール様だぁー……!?」

何故か同伴しているベレナが言う。

コイツが知っているということは、少女もここの住人であることに間違いない！

なんか仲良くなれそうな気がしてきたぞ。

「エーシュマ様？　アナタが何を考えているか、私にはサッパリわからないのですが……!?」

「なんだベレナ？　そんな心配そうな顔をして？」

「まさかとは思いますけど。自分より下の存在を見出（みいだ）すことで、『自分は凄（すご）い』と言い聞かせて心の安定を図ろうとしていません？　その対象としてヴィール様を？　今少女形態の……、少女形態の！……ヴィール様を？」

見損なうなベレナ！

不才ながらもアスタレス様より『妄』の称号を受け継いだこのエーシュマ。そんな卑しい心根など持ち合わせていない！

「私はただ、この厳しいことだらけで傷だらけになった心を、あの子の可愛《かわい》さで癒したいと思っただけだ」

「憲兵ーッ！　憲兵さんコイツです‼　あ、ダメだコイツ四天王だ、憲兵さんじゃ逮捕できない⁉」

ははは。

バカだなあベレナ、聖者様の農場に憲兵なんかいるわけないだろう。

アホなベレナは放っておいて、早速少女に声をかけてみよう。

「わっはっは、脆弱《ぜいじゃく》な虫けらどもめ。このヴィール様に潰されて死ぬがいい！」

おお、お外で何をしているかと思えば、虫さんと戯れているのか？

可愛いなあ。

「いや、ダンゴムシは立派な害虫でして……！　ヴィール様珍しく、聖者様に言いつけられて畑仕事の手伝いしてる？」

煩《うるさ》いぞベレナ。

私があの子に声をかけづらいではないか。

「お嬢ちゃん？　仕事のお手伝いか？　偉いねえ？」

「ん？　何だお前は？」

少女は、警戒感たっぷりな表情でこちらを見返す。

知らない人の接近を受けた野良猫みたいな表情でまたそそる……！

「いや、お手伝いする偉い子を褒めたくなった通りすがりの四天王だ。偉いなあ撫《な》でてもいいか？」

聞くと同時に頭を撫でる。

想像した通りの撫で心地のよさ！

「おお、よしよしよしよしよし……！」

「なあ、コイツ……!?」

少女が困ったような表情で、ベレナの方を向く。

ベレナは何故か顔中真っ青になっていたが、何でだろうな？

「いや、しかし本当に可愛いお嬢ちゃんだな。あまりにも可愛いから……」

ひょい。

抱き上げてしまった。

体重も軽くてラクラク持ち上がる。

ああ、本当に可愛いなあ。頬ずりしたくなる。スリスリ。

おやベレナ？

なんで脱兎《だつと》のごとく逃げるんだ？

「いいだろう……！　このグリンツェルドラゴンのヴィールをよくぞここまで侮辱した……！　おれの真の姿を見てもまだ可愛いと言えるか試してやる」

うん……？

なんか……？

私の腕の中で少女の姿がみるみる変わって……。

＊　＊　＊

「……ヴィール様怖い」

「だから言ったじゃないですか……！」

私は、ベレナと並んで黄昏《たそがれ》ていた。

あれから小一時間ほど、ドラゴンの姿に戻ったヴィール様の手の平で転がされてハムスター気分を味わっていた。

「ドラゴンが少女に変身しているなんて想像もしてなかったよ……！　ここの農場の住人は見かけで判断したらいけないと学んだ……！」

「それはここに来て一番に学ぶべきことですよ。エーシュマ様は農場に来てからの数日間、何を学んでいたんですか!?」

ははは……。

妹分が辛辣だなあ。

お前がもっと可愛かったら、お前を撫で回して癒されてヴィール様に目移りする必要なかったのに。

「ヴィール様は、私やアスタレス様を戦場に運んで、魔族人族まとめて脅しつけた張本人ですよ。ここの農場でも最強格の一人です。絶対に怒らせちゃいけない相手です！」

先に言えよ。

そんなヴィール様だが、まだ私たちの周辺に留《とど》まって吠《ほ》えかけてきている。

さすがに少女形態に戻って。

「お前ら！　もう二度と撫でてくるんじゃないぞ！　今度やったら本気で怒るからな!!」

あれだけしつこいともはや「もう一回撫でろ」というフリにすら思えてくる。

ベレナはどう思う？

「あれですか？　撫でられてテンション上がった猫が本気で引っ掻《か》いてくるけど本当は撫でてほしい現象的なものですか？」

ドラゴンって気難しい。

でも、傷ついた私のプライドは一向に癒されないままだ。

……あ。

「なあなあベレナ」

「今度は何です？」

「アソコにいるいかにも普通そうな人なら、さすがに私より弱いと思うんだがどうだろう？」

「だから自分より下を発見して心の安定を図るの不健全だからやめろって……、ん？……あれ聖者様じゃないですかッ!?」

……うん?

たしかにあれ聖者様だ。

初訪問の時に顔合わせしたのに、私ったらドジッ娘。

「しっかりしてくださいアホ四天王!!　たしかに聖者様はパッと見うだつの上がらない、超普通な外見ですが、先生やヴィール様より強いんですよ!!」

ああ、やっぱり?

外見通りの人なんてこの農場にはいないんだなあ。

「具体的にですね……!　聖者様が腰に下げている剣をご覧ください」

「ん?」

「邪聖剣ドライシュバルツです」

失われた聖剣と言われるあの?

魔王様と各四天王が代々所持する聖剣。しかし全部で七振りあると伝承では言われており、残り二振りの行方がまったくわからないという。

「しかも完璧な形で現存するのが魔王様の怒聖剣アインロートだけだった今、同じ完全版の聖剣はなおさら貴重だなー。最近アスタレス様やグラシャラ様の聖剣復活したけどな」

「その聖剣復活も聖者様の御業《みわざ》ですよ?」

「はっはっはっは……」

もう乾いた笑いしか出てこない。

「そういや噂《うわさ》に聞いたんだが、もう一振りの失われた聖剣、鏖聖剣《おうせいけん》ズィーベングリューンも最近確認されたそうだぞ？」

「へー」

「どうでもいいか」

「そうですね」

私たちが観察していた聖者様だが、しばらく畑仕事に勤《いそ》しむものの休憩し、共に働いていたオークやゴブリンたちと戯れ始める。

なんか一対一で対峙《たいじ》し合い、ガッツリ組み合った。

「何をしているんだ聖者様は？」

「あれは相撲ですね。決闘形式の競技で、人魚国の王子アロワナ様が大好きなんですよ」

「さらっと凄い名前出さないでくれる？」

聖者様は、その相撲とやらで競技相手のオークと組み合って、組み合って……。

……投げ飛ばした!?

「決まり手は下手投げですねー。聖者様は相手のバランス移動を制御するのが凄く上手ですから本当ポンポン投げますよ」

私……、ここに来てすぐ、あのオークに手も足も出ないくらいボコボコにやられたんですけど……!?

そのオークを投げちゃう聖者様。

「ちなみにエーシュマ様が初日ボロ負けしたオークはウォリアーオーク。今、聖者様と組み合ったのは『農場モンスター始まりの十傑』のお一人オークラさんで、レガトゥスオークですからね」

「これ以上、越えられない壁を突き付けてこないで!!」

「それを受け入れて慣れることが、この農場で生活する意義なんですよー」

＊　＊　＊

こうして私は、栄えある魔王軍四天王の一人として、世界の広さを学び、己の小ささを学んだ。

泣きそうになった。

泣いた。

そして数週間の修行期間を経て、私は魔国へと戻ることになった。

この農場で学んだ多くのことを魔国防衛の最前線で実践するために。

ありがとう農場。

ありがとう農場に住む皆。

私は立派な四天王となることをキミたちに誓う！

「あれ？　エーシュマ様もう帰っちゃうんですか？」

「ここから農場の非常識さに慣れて面白くなってくるのに……」

だから慣れる前に帰るんだよ！

バティベレナ！　もう戻れないお前たちと一緒にするな！

「私は定期的に訪問するつもりだけど？」

同格のレヴィアーサはとっくに慣れてしまっていた!?

本当に恐ろしいなあコイツは!?

番外編　上級精霊と神の愛憎

我が農場の一区画で、ある者たちが睨《にら》み合っていた。

それは『対峙《たいじ》』というか、対決ムードに近い感じで、両者の間にバチバチ火花が散っている。

『今こそ誇りを懸けて……ッ!』

「どちらがつよいか、きめるですーッ!!」

向かい合うのは双方、人ならざる者。

上級精霊アラクネ。

大地の精霊たち。

どちらもこの世界の運行に携わる精霊たち。

大地の精霊たちはそのもっとも基本的な種で、実体化した今は小さな女の子のような外見をしている。

そして数いる。

対する上級精霊アラクネは、『上級』とついてるだけあって強そうな外見をしており、上半身は美しい女性の姿ながら、下半身はそのまま蜘蛛《くも》。

しかも巨大だからもはや機動兵器みたいな風体だ。

そもそも蜘蛛という虫は、八本という昆虫よりも多い脚で壁だろうと天井だろうと縦横無尽に動き回って他の虫を捕食する。

生まれついてのハンター。

そんな蜘蛛の体を持つアラクネも、相当な機動性と運動性を持ち合わせているに違いなく、そんなアイツが可愛《かわい》い大地の精霊と対決などと、一方的ないじめにしか見えない。

いざというときは止めに入らねば、と脇にスタンバってる俺だった。

……。

……そもそも彼女ら、なんで戦っているの？

「せんとー、かいしですーッ!?」

「狩りつくすのですー」

大地の精霊たちが動いた。

彼女らは集団でいるので、今もおおよそ十人ぐらいでアラクネに対抗しようとしている。

「ふぉーめーしょん、でるたですーッ！」

「せーぎの力があらしをよぶのですーッ！」

なんかコードネームを口走りだした。

まず二体の大地の精霊が横に並び、互いの距離を広げて……。

なんだ？

あの二人、妙なものを持っている。

長い布状の……帯か？

とにかく帯らしきものの端と端を、二人が持って並び、横断幕を張るみたいになっている。

その横断幕の中心に、三人目の大地の精霊がセットされて大きく後退。

この形はまるで……。

パチンコ？

よりハイカラな言い方をしたらスリングショット？

とにかく横断幕みたいな帯はゴムのような伸縮性を持っていて、伸ばす分だけ縮む力が働き、真ん中にセットされた大地の精霊を射出する。

「にんげんほーだん！　ですーッ！」

キミらは精霊だがな。

しかしその名の通りみずからが砲弾となって撃ち出された大地の精霊。

あの帯は、金剛カイコが工夫して吐き出すようになったゴム絹製か。

その反動力で神速にて飛ぶ大地の精霊、見事目標に着弾。

『ごぼふぅッッ!?』

アラクネは美女状の上半身に大きな衝撃を食らう。

飛び込む精霊の頭突きが、腹部にめり込んだ。

「めいちゅうですーッ！」

「てきはひるんだですーッ！」

「いっきに畳みかけるですーッ！」

残りの大地の精霊たちも次々ゴム反動で飛び、みずからが弾丸となってアラクネを打ちのめす。

「だんまくうすいですーッ！」

「なにやってるですーッ！」

胸やら頭やらに次々命中し、アラクネはひるまざるを得ない。

しかし正確な狙いだなあ。

『ぎゃあああッ!? 待って待って待ってッ!? これあり!? ありなの!? 飛び道具というのがまず卑怯《ひきょう》くさいし！ 道具持ち込みいいの!? あの伸び縮みする帯!?』

「勝てばよかろうなのですーッ！」

敵のひるんだすきを見逃さず大地の精霊、アラクネを叩《たた》きのめすために最後の攻勢に出る。

蜘蛛の下半身から伸びる脚。

その一本一本を抑え込み自由を奪う。

「あきれすけん、がためですーッ！」

「あし4のじがためですーッ！」

「いんであん・ですろっくですーッ！」

「すぴにんぐ・とーふぉーるどですーッ！」

しかもやたらテクニカルに。

アラクネの脚がたくさんあるだけに関節技かけ放題で、サブミッションの百貨店と化しておるではないか。

そうしてアラクネの全脚を極《き》めた挙句の果て、上半身にもパロ・スペシャルを極めてくるので逃れる隙がない。

しかし大地の精霊は小さい体で器用にやるなあ。

『あだだだだだだッ！　ギブギブ！　ギブアップ！　ギバーップッ!!』

ここにアラクネのギブアップ宣言により勝負がついた。

○大地の精霊―アラクネ●

終わってみたら一方的だった。

「やったですーッ！」

「われわれのしょーりですーッ！」

「ゆーじょーのしょーりですーッ!!」

勝ち取った栄光を素直に喜ぶ精霊たち。

……で、この勝負ホントに一体何だったの？

『くっそー、やりたい放題しやがって。手加減ぐらいしなさいよ……ッ!?』

負け犬が何かほざいております。

「おい上級精霊。普通の精霊に負けて恥ずかしくないのか？」

勝負も終わったところで、そろそろ俺も口を出すことにした。

一体何をやっておるのか？　と。

『いやー、アイツらがさ？　一般精霊として上級精霊である私への敬意がいまいち足りないと思ってたのよね？　だからここで一回、格の違いを見せつけてやろうと……？』

「見せつけられたのはキミの方じゃねーか」

一方的に負けておる。

大地の精霊たちは、自分らでささやかな祝勝会を開きバターで乾杯していた。

あれはあれで楽しそうなので好きにさせてやろう。

『しかたないでしょーッ!?　上級精霊ったって千差万別なんだから！　色んなのがいるのよ！　戦いが苦手なヤツもいるの！　それが私！　わかる!?』

わかる。

わからないのは戦闘が不得手と自覚していながら何故《なぜ》それで勝負しようとしたかだ。

大方、それでもザコな一般精霊には負けまいとタカを括《くく》っていたんだろうが、ウチの住人なだけに大地の精霊たちも相当たくましい。

『……いやね？　本当に戦闘タイプの上級精霊は、正規の神とすらまともにやり合えるんだから？　イフリートとかミズチとか？』

「でもアナタは違うんですよね？」

『上級精霊自体、色んな存在のごった煮めいたカテゴリになってるから分類がやたら面倒なのよね。別名下級神とか呼ばれるし？　精霊以上神未満は全部そこに放り込んどけって感じよね？』

唐突に種族論を語りだしたのは、無様な敗北の取り繕いだろうか。

とにかくとっとと話題を切り替えようという意図が見え見えだった。

「上級精霊の中にも色んな種類があるってことです？」

でも素直に話に乗ってあげた。

俺も鬼畜ではないので、いつまでも彼女の無様な敗北をいじる気はない。

『そうねー、あの子たち（大地の精霊）の親玉的ポジションで、それこそ自然運行の化身みたいなヤツもいれば、元々は人や獣だったものが長い時間をかけて霊性を帯び、神格化するところまで行ったヤツもいるわ。逆に神だったものが弱まり、神と呼ばれがたいほどに堕《お》ちちゃったヤツとか』

その話は前にも聞いた気がする。

『在り様も色んなのがいて、ハッキリ邪悪と言える上級精霊もいるわね。気まぐれで魔族を吸血鬼に変えるブルコラクなんかがそうよ。もちろん明確な人類の味方となる上級精霊もいるから安心して！　それこそが！　そう！　この私！』

「ちっとも安心できない」

一般精霊にボロ負けするような体たらくが人類の味方だなんて。

もっと頼れる味方はいませんか？

『なによーッ!?　私は糸の守護者！　繊維にまつわるすべての職種！　織り師、染め物師、針子、ファッションデザイナーとかに加護を与えているのよ！　そのお陰でアナタたちも服を着られるんだから感謝しなさい!?』

「はい、そうでした……!?」

実際加護があって、どう助けられているのかは知らないが、素直に平伏しておくのが面倒くさくないと思えた。

『私みたいな特定職業の守護者を務める上級精霊は他にもいるわよ？　医師を守護するアスクレピオスとか、教師を守護するケイロンとか。そういう神々の手が行き届きにくい細々としたところをケアしてあげるのが、私たち上級精霊の領分てわけよ！』

「はー」

『まあ、そうやって仕事は似たようなものでも元はそれぞれ違ってね？　ホント上級精霊ってカオスだわー。難解だわー』

そういえば上級精霊は、元神とか元生物とか色々な出自があると言っていたが……。

目の前にいるアラクネさんは、そこんとこ察するに……。

「元は蜘蛛？」

『なんでよ!?　この悩殺ナイスバディが目に入らないの!?』

いやたしかに上半身は艶《なま》めかしい美女ですが、下半身はおもっくそ蜘蛛じゃないですか。

元々蟲畜生であったのが、徳を積んで神格化したとかそんなんじゃないですか？

『私は元々人間よ！　チャッキチャキの人族だったわよ！』

「そんな江戸っ子みたいな」

『これでも人だった頃は、それはもう有名な機織りの名手でね。私の技術にはかの天神アテナですら及ばないと豪語したものだわ』

それめっちゃ舌禍じゃないですかね？

『しかし、それを聞きつけたアテナ当人がみずから殴り込んできてねー。すったもんだの挙句殺されて、それでも「気が済まねー」って私を蜘蛛に変えやがったのよ。ホント横暴だわ天の神』

それからしばらく蜘蛛の魔獣として迷い苦しんだアラクネであったが、あるきっかけから魔性を捨てて神格を帯び、上級精霊へ昇格することが適《かな》ったという。

「きっかけってどんな？」

『それはもう、まさに「捨てる神あれば拾う神あり」ってヤツね。ある情け深い神様が私を救ってくださったのよ』

神様にも、そんな善行をする御方《おかた》がいらっしゃるのか。

信じがたい。

『今神の話をしましたかな？』

ノーライフキングの先生が現れた。

耳聡《みみざと》い。

趣味の神召喚をやっていいチャンスを常に狙っておられる。

『では上級精霊アラクネの恩人というべき神を呼んで進ぜよう。はりほー』

先生が魔力を振るうだけで神が現れる。

手軽。

『あらあら、急に呼び出されたと思ったら懐かしい顔があるわね？　アラクネさんじゃないの？』

『メドゥーサ様ーッ！』

現れたのは、夜の海のごとく瑞々《みずみず》しい黒髪を持った大いなる女神。

ポセイドス神の妻の一人メドゥーサ女神ではないか。

「……お知り合いなんですかアナタ方？」

『そらそうよ！　私たち二者合わせて「女神アテナ被害者の会」よ！』

そんなズビシと言われても……。

『私もかつてはあの処女神によって酷《ひど》い目に遭わされましたからねえ。六千年ほど昔だったかしら？』

なんか唐突に語りだした女神。

『あの頃地上のそこそこ大きな漁師町で、私と夫ポセイドスが崇拝されてましたのよ。海に出る方々だから海神の加護が必要だったのでしょうね。でもそれを見てアテナさんが「地上の者が海神を崇《あが》めるとはけしからん！」とか言いやがってですね』

それで自分を崇拝する部族をけしかけ、漁師町を滅ぼしてしまったんだとか。

『私もその時貶《おとし》められて一時期神格を失ってましたのよ。元通り神の座まで戻るのに二千年近くかけましたわねえ。その間夫は私を助けるどころかアンフィトルテさんという後妻を手に入れて……ッ！』

女神の体からふつふつと怨念が!?

抑えてください、また神格を失いますよ!?

『だから、同じようにアテナさんの被害を受けたアラクネさんが他人とは思えなくてねえ。私の権限で上級精霊にお迎えしたんですよ』

『あの時は本当にお世話になりました！　御恩は今でも忘れておりません!!』

アラクネが舎弟みたいになっておる。

『ホント迷惑な女神ですよねアイツ!?』

『ゼウスさんの色々なやらかしの結果、下界への非干渉盟約が結ばれて大分大人しくなりましたが……。似た役割を持ったベラスアレスさんはさぞかし苦労されてることでしょうね』

『ベラスアレス様って、昔中央から外れた土地を守護なさってたせいで「蛮族を贔屓《ひいき》する蛮神《ばんしん》」って言われてたんでしょう？　酷いですよねー？』

『それを率先してわめきたてていたのもアテナさんですわ……』

なんか神々の軋轢《あつれき》みたいなのが次々と……!?

上級精霊とて下級神とも呼ばれるくらいなんだから限りなく神に近い存在。

積み重ねてきた歴史は、俺たち人間とは比べ物にならない。

だからこそ愛憎も凄《すさ》まじい累積があるのだろう。

同じ恨みを持つ者同士が顔を合わせることで、堰《せき》が切られて一気に流れ出すこともあろう。

なんてヤバいことに!?　と心が震えるが、それを実現させた張本人である先生は、神々の歓待を俺に任せきりにしてご自分は大地の精霊たちと遊んでいた。

「あー……、そのそのそのその……ッ!?」

言葉を選ぼうとしすぎて中々喋《しゃべ》れない。

「その……、アラクネさんが蜘蛛にされたきっかけって何だったんですか？　女神アテナを怒らせたんですよね？」

とよりにもよって一番核心的なところに触れてしまった！

アラクネさんは案の定、激情を炸裂《さくれつ》させた。

『よくぞ聞いてくれました！　あのクソ女神さあ、まだ人間だった頃の私に言ったのよ!!「そんなに自慢なら私が認めるような傑作を織ってみろ」と！』

精霊化する前は、機織り名人だったというアラクネさん。

縦糸横糸重ね合わせ、美しい柄の生地を織りあげることを生業にしていた。

『だから織ってやったのよ！　渾身《こんしん》の力を込めた自信作のタペストリーを。でもあのクソ女神は、それを見てブチ切れやがったのよ!?』

タペストリーというのは、部屋の装飾用に織られる布で、生地に緻密な絵柄が織り込まれる。布の絵画のようなものだ。

これは展開としては、織物に描かれた柄が神々に対して大変失礼なものだったとかかな？

アラクネ自身天然で無意識に相手の恨みを買いそうだし、天の神々なんてそれこそ前科いっぱい仇《あだ》いっぱい。

『実はその時作ったタペストリーは今でも持ち歩いているのよ！　見てみる!?』

「えッ!?　なんで!?」

アラクネさんがどっからか取り出して広げる一枚の布。

そこには一人の女性の姿が描き出されていた。

ただその絵柄が……。

「………キュビスム？」

顔自体は横向きなのに口は正面を向いていたり、何故か両目とも描かれたりで実像を捉えていない。

どっちかというとシンボリズムだ。

その分見る人には強い衝撃を与える。

「芸術的だなぁ～」

と言うので精一杯だった。

『私がタペストリーに織り上げた渾身の女神アテナ像よ！』

ああ、この失敗した福笑いみたいな女性は、アテナさんの絵だったんですか。

言われるまでわからんかった。

『これを見てアテナ自身がなんて言ったと思う!? 「なにこの下手くそな絵は!? 私を侮辱しているの!?」だってさ！』

『本当に酷い口ぶりねえ。この絵には物事の本質を見抜こうとする鋭さと、既存の図像を革新する力強さがあるというのに。理解されないなんて……』

メドゥーサ女神も、その傑作タペストリーを愛《いと》しげに眺めるのだった。

彼女も理解できる側か。

俺は理解できない側だ。

今までアテナ女神の横暴ばかりがピックアップされてきたが、状況を詳《つまび》らかに確認するに段々あっちの怒る気持ちがわかってきた。

いや芸術なんだけど。

芸術だから怒る気持ちも完全に理解しがたいんだけど。

争いにはそれぞれの主張があり、どちらも正しい場合があるんだよなあ。

なのに何故憎み合うのか？

神々なのに？

世の虚《むな》しさを目の当たりにする俺だった。

あとがき

岡沢六十四《おかざわろくじゅうよん》です。

『異世界で土地を買って農場を作ろう』六巻をお買い上げいただきありがとうございます！

さて今回六巻ですが、私にとってはこれまた感慨深い巻数であります。

これまで出してもらえた既作の中でデビュー作である『悪に堕ちたら美少女まみれで大勝利!!』が六巻まで刊行されて自己最高記録だったのですが、とうとうそれに並びました。

これも皆さまがご愛読してくれたお陰で、本当にありがとうございます！

これからも巻数を伸ばしつつ、皆様に楽しんで読んでいただきたいです！

さて今回もあとがきが一ページのみなのでこれぐらいで。

改めまして、皆さま、本作を読んでいただきありがとうございます！

異世界で土地を買って農場を作ろう 6

発行　2020年4月25日　初版第一刷発行

著者　岡沢六十四

イラスト　村上ゆいち

発行者　永田勝治

発行所　株式会社オーバーラップ
〒141-0031
東京都品川区西五反田7-9-5

校正・DTP　株式会社鷗来堂

印刷・製本　大日本印刷株式会社

Printed in Japan
ISBN　978-4-86554-648-4 C0093

【オーバーラップ　カスタマーサポート】
電　話　03-6219-0850
受付時間　10時～18時（土日祝日をのぞく）

作品のご感想、ファンレターをお待ちしています

あて先：〒141-0031　東京都品川区西五反田7-9-5 SGテラス5階　オーバーラップ編集部
「岡沢六十四」先生係／「村上ゆいち」先生係

スマホ、PCからWEBアンケートにご協力ください

アンケートにご協力いただいた方には、下記スペシャルコンテンツをプレゼントします。
★本書イラストの「無料壁紙」　★毎月10名様に抽選で「図書カード（1000円分）」

公式HPもしくは左記の二次元バーコードまたはURLよりアクセスしてください。
▶ **https://over-lap.co.jp/865546484**
※スマートフォンとPCからのアクセスにのみ対応しております。
※サイトへのアクセスや登録時に発生する通信費等はご負担ください。

オーバーラップノベルス公式HP ▶ **https://over-lap.co.jp/lnv/**